共和国故事

正义审判

——在押日本战犯全部审判完毕

周丽霞 编写

吉林出版集团股份有限公司

图书在版编目（CIP）数据

正义审判：在押日本战犯全部审判完毕/周丽霞编. —

长春：吉林出版集团股份有限公司，2009.12

（共和国故事）

ISBN 978-7-5463-1742-7

Ⅰ. ①正… Ⅱ. ①周… Ⅲ. ①纪实文学 – 中国 – 当代 Ⅳ. ①I25

中国版本图书馆 CIP 数据核字（2009）第 237721 号

正义审判——在押日本战犯全部审判完毕

ZHENGYI SHENPAN　　ZAIYA RIBEN ZHANFAN QUANBU SHENPAN WANBI

编写　周丽霞

责任编辑　祖航　李娇　关锡汉

出版发行　吉林出版集团股份有限公司

印刷　三河市嵩川印刷有限公司

版次　2010 年 1 月第 1 版　　　　2022 年 1 月第 9 次印刷

开本　710mm×1000mm　1/16　　　印张　8　字数　69 千

书号　ISBN 978-7-5463-1742-7　　　定价　29.80 元

社址　吉林省长春市福祉大路 5788 号

电话　0431 – 81629968

电子邮箱　tuzi8818@126.com

前　言

自 1949 年 10 月 1 日中华人民共和国成立至今,新中国已走过了 60 年的风雨历程。历史是一面镜子,我们可以从多视角、多侧面对其进行解读。然而有一点是可以肯定的,那就是,半个多世纪以来,在中国共产党的领导下,中国的政治、经济、军事、外交、文化、教育、科技、社会、民生等领域,都发生了深刻的变化,中国人民站起来了,中华民族已屹立于世界民族之林。

60 年是短暂的,但这 60 年带给中国的却是极不平凡的。60 年的神州大地经历了沧桑巨变。从开国大典到 60 年国庆盛典,从经济战线上的三大战役到经济总量居世界第三位,从对农业、手工业、资本主义工商业的三大改造到社会主义市场经济体制的基本确立,从宜将剩勇追穷寇到建立了强大的国防军,从废除一切不平等条约到独立自主的和平外交政策,从"双百"方针到体制改革后的文化事业欣欣向荣,从扫除文盲到实施科教兴国战略建设新型国家,从翻身解放到实现小康社会,凡此种种,中国人民在每个领域无不留下发展的足迹,写就不朽的诗篇。

60 年的时间在历史的长河中可谓沧海一粟。其间究竟发生了些什么,怎样发生的,过程怎样,结果如何,却非人人都清楚知道的。对此,亲身经历者或可鲜活如昨,但对后来者来说却可能只是一个概念,对某段历史的记忆影像或不存在,或是模糊的。基于此,为了让年轻人,特别是青少年永远铭记共和国这段不朽的历史,我们推出了这套《共和国故事》。

《共和国故事》虽为故事,但却与戏说无关,我们不过是想借助通俗、富于感染力的文字记录这段历史。在丛书的谋篇布局上,我们尽量选取各个时代具有代表性或深具普遍意义的若干事件加以叙述,使其能反映共和国发展的全景和脉络。为了使题目的设置不至于因大而空,我们着眼于每一重大历史事件的缘起、过程、结局、时间、地点、人物等,抓住点滴和些许小事,力求通透。

历史是复杂的,事态的发展因素也是多方面的。由于叙述者的视角、文化构成不同,对事件的认知或有不足,但这不会影响我们对整个历史事件的判断和思考,至于它能否清晰地表达出我们编辑这套书的本意,那只能交给读者去评判了。

这套丛书可谓是一部书写红色记忆的读物,它对于了解共和国的历史、中国共产党的英明领导和中国人民的伟大实践都是不可或缺的。同时,这套丛书又是一套普及性读物,既针对重点阅读人群,也适宜在全民中推广。相信它必将在我国开展的全民阅读活动中发挥大的作用,成为装备中小学图书馆、农家书屋、社区书屋、机关及企事业单位职工图书室、连队图书室等的重点选择对象。

编　者

2010 年 1 月

一、 庄严审判

- 审判长袁光用洪亮的声音宣布："中华人民共和国最高人民法院特别军事法庭现在开庭。"

- 调查结束后，根据事先拟定的审判程序，审判长宣布休庭1天。

- 听到最后的判决，富永顺太郎"扑通"一声跪倒下来，愧疚地说道："审判是实事求是、光明正大进行的，我只有低头向中国人民认罪，反省我的罪恶。"

沈阳法庭的首次开庭

1956 年 6 月 9 日，设在沈阳市皇姑区的中华人民共和国最高人民法院特别军事法庭里显得威严而肃穆。

审判庭的入口处挂着"中华人民共和国最高人民法院特别军事法庭"的白底黑字的长方形醒目牌匾，门口有威严的中国人民解放军战士守卫。

在法庭内，正中央高高悬挂着中华人民共和国国徽，国徽下面正中前排坐着 3 位审判长，两边分别坐着审判员、书记员、证人、辩护律师和翻译，审判台下正中是用栏杆分成 4 个小隔断的被告人席。

全国政协代表、各民主党派和人民团体代表、沈阳各界群众代表，以及众多中外记者使整个法庭座无虚席。

8 时 30 分，随着一声"起立"的号令，审判长袁光将军身穿笔挺的军装，正义凛然地走进审判大厅。

他踏着厚厚的地毯，登上审判台，在蒙着金丝绒的高背椅上落座。

在审判台上落座的其他人员有：最高人民法院刑事审判庭副庭长朱耀堂，中国人民解放军军事审判庭审判员王许生、牛步东、张剑，以及最高人民法院审判员徐有声、郝绍安、殷建中、张向前、杨显之等。

审判长袁光用洪亮的声音宣布："中华人民共和国最

高人民法院特别军事法庭现在开庭。"

被告人原日军中将师团长藤田茂、铃木启久、佐佐真之助，原日军少将旅团长上坂胜、长岛勤、船木健次郎，原日军中佐情报主任鹈野晋太郎、少佐支队长榊原秀夫等8人被带上法庭。他们身着中国式新衣服，一个个耷拉着头。

袁光审判长以平静的语调通知被告人："你们在庭审过程中，有权向证人和鉴定人发问，除辩护人为你们辩护外，你们还可以自己辩护。你们还有最后陈述的权利。"

"是!"被告人还像当年回答他们的上司那样，整齐但却是胆怯无力地答应。

接着，审判长告诉全体被通知到庭作证的证人："本特别军事法庭通知你们来作证，你们要知道什么说什么。如果说假话，要负刑事责任。你们听明白了没有?"

全体证人回答："听明白了"，并当庭在具结书上签名具结。

审判长又告知全体翻译人员："你们在庭审过程中，必须如实翻译。如果故意作错误翻译，要负刑事责任。"

全体翻译员表明"听明白了"，并一一签字具结。

具结完毕后，审判长提请国家公诉人、最高人民检察院首席检察员、军法少校王之平宣读《起诉书》，并要求翻译同时播送《起诉书》的日语译文。

《起诉书》列举了8名被告人在日本侵略中国战争期间所犯的坚决执行侵略战争政策、严重违反国际准则和人道主义原则等罪行。

其中，有的命令所属部队残杀和平居民，制造了骇人听闻的大屠杀惨案；有的命令部属大量掠夺和平居民的粮食和财物，烧毁居民房屋；有的命令所属部队杀害我被俘人员和伤员；有的命令部下将我国无辜人民作为训练新兵刺杀的"活靶"或作为战场上的"扫雷工具"；有的对我和平居民施放毒气，纵容部下强奸或集体轮奸妇女；有的用我国人民试验细菌武器的效果，从事准备细菌战的活动……

这里有920人的血泪控诉，266人的检举，以及836人的证词。

时间在静静地流淌，台下不时响起揪心的啜泣声。

战犯犯罪事实罄竹难书，当由王之平等人接力宣读完长达四五万字的《起诉书》时，审判第一天上午的时间已经悄然过去。

震惊中外的法庭调查

6月9日下午,"特别军事法庭"开始进行法庭调查。

第一个被传讯的是这次审判的"一号要犯"、原日军——七师团中将师团长铃木启久。

根据拟定的资料,铃木启久的罪行如下:

一、在河北省遵化县鲁家峪乡杀人、放火、强奸。

二、在河北省滦县潘家戴庄杀害居民、掠夺粮食和财产。

三、在长城附近广阔地方建立所谓"无人区"。

四、在河北省遵化县刘备寨村,杀害居民、掠夺牛马。

五、在河北省遵化县东新庄,杀人、放火、掠夺。

六、在河北省遵化县马家峪村,杀人、放火、掠夺。

七、在河北省长垣县小渠村,集体屠杀村民。

八、战败后,在吉林省白城子炸毁火车站、

医院、桥梁、仓库等。

审判长对以上事实一一进行核对。

讯问结束后，法庭传召了潘家戴庄证人周树恩。

这位44岁的农民，是当年在日军对潘家戴庄集体屠杀时从埋人的坑里逃出来的幸存者。他在法庭上详细叙述了那天早晨，铃木部队进行大屠杀的野蛮暴行。

他说：

1942年10月28日凌晨，铃木启久部队包围了潘家戴庄，把全村老少全部赶到村口，并把男人和女人分开。几个日本兵找来铁锹，让男性村民挖坑。大坑挖好后，日军把村民赶进坑里，上面盖上草和庄稼秆，然后放火烧了。村民们哭叫着，爬上来，日军就把他们踢进坑里。村民戴作胜从坑里爬上来时，被日军用木棒打碎了脑盖。日军把男人杀害后，又把100多名妇女赶到一边，集体强奸她们之后用刺刀捅死。我是趁烟火浓烈时爬上来躲藏在草堆里才幸免于难的。

……

这天，我们村有1280余人被残忍地夺去了生命。大部分是被烧死，还有一部分人是被刺刀刺杀了。我的父亲、兄弟、媳妇等6人被活活烧死。日本侵略军给我们带来的灾难是一言难尽的，我恳切地要求法庭严惩这些凶手。

……

周树恩一边诉说着，一边解开自己的衣服，露出遍体伤痕的身躯，向众人展示说："我是从埋人的坑里逃出来的呀……"

在确凿的证据面前，铃木启久"扑通"一声跪倒在地上。

袁光审判长厉声问道："被告人铃木启久，以上证词有没有不实的地方？"

"饶命！饶命！"铃木启久将头压得低低的，脸部神经不停地抽搐，他下意识地翕动着嘴唇说："这完全是事实，我诚恳地谢罪……"

天色暗了下来，愤怒的火焰却开始在人们心中熊熊燃烧。

日本人的暴行激起了听众的极大义愤，有人大声喊道："打死日本鬼子，为死难的同胞报仇！"

法庭里立即响应："为中国人民雪恨！"

法庭里的口号声此起彼伏。旁听的听众群情沸腾。

审判长与众位陪审员低声商议了一下，示意大家肃静。待法庭安静下来后，审判长宣布休庭。

此时，人们才发现，暮色已经降临。

第二天，法庭继续进行事实调查。

这一次，被传讯的就是原日军第五十九师团师团长藤田茂。

藤田茂在任师团长期间，训示部下用活人做靶进行"试胆教练"，并宣布"杀掉俘虏算入战果"，鼓励士兵进行杀人训练；他还强迫和平居民去"踏探地雷"，致使无数平民伤亡。

审判长根据起诉书的资料，对藤田茂逐条审问。藤田茂对起诉的罪行，供认不讳。当指控他在山西安邑县的上段村杀害 100 多名无辜村民的罪状时，法庭传召幸存者张葡萄出庭作证。

62 岁的张葡萄老人站在法庭的证人席上满腔怒火地控诉日本人杀害她公公、婆婆、丈夫和年仅 4 岁的女儿的罪行。

她说：

我是山西省安邑县上段村人，叫张葡萄。为揭露、控诉日军藤田茂部队杀害我村老百姓的罪行，出庭作证。

1939 年 4 月 15 日（农历二月二十六日），日军藤田茂部队包围了我们村，鬼子家家户户往外赶老百姓，都赶到大门外街头上后，就开始杀人。鬼子把贾家娃用军刀砍死扔到井里，把贾银娃用刺刀豁死后也扔进井里，把贾小磨用刺刀挑开肚子后扔在井里，把贾玉印用刺刀刺死后扔在井里。当时我家7口人，被赶出5口，都被赶到街头上。鬼子把我公公用刺刀刺到脖子上后扔在井里，把我婆婆用刺刀刺到背后扔在井里，把我丈夫用刺刀挑开肚子后扔在井里，当时肠子都流在外边。又从我怀里夺去4岁的小女儿，把她砍死后扔在井里。鬼子又把我带到井边，把我踢到了井里。后来还是我娘家爹爹把我从井里捞了上来。

我们村受害的连我一共120人，其中死亡的119人。全家被杀死的有陈满成、贾登科等6户。日本人在我们那道街上还烧了36间房子。

这就是日本鬼子杀害我们的罪行，我要求法庭严厉惩办这些杀人凶手。

张葡萄老人在诉说这些证词时，越说越激动，气得浑身发抖。老人几次都因为极度地愤怒而想要跑到桌子的另一边，要去与藤田茂拼命，均被法警及时阻止住。

藤田茂见状给老人跪下，痛心地说："我有罪，有罪！请法庭判处我死刑以向被害人谢罪。"

审判长接着对藤田茂发问道："你对证人的证言有什么要说的？"

藤田茂一边磕头一边回答："完全属实，我有罪。"

当天下午，藤田茂的其他罪行，也都有证人出庭作证。对于这些罪行，藤田茂均供认不讳，他说："一切都是事实，我愿接受任何严厉处罚。"

6月11日至13日，法庭又传讯上坂胜、佐佐真之助、长岛勤、船木健次郎、鹈野晋太郎等人。

这些人中，上坂胜曾制造杀害800多名和平居民的河北定县"北疃村惨案"；

佐佐真之助以第三十九师师长的身份指挥命令所属部队在湖北省襄阳、樊城、南漳等地区，以残酷的手段杀害我和平居民潘玉山等90多人；

长岛勤以旅长身份在山东省东阿、东平等县将我被俘伤员徐丰海等7人作为训练新兵的"刺杀活靶"而杀害；

船木健次郎曾下令施放毒气伤害400多名学生与居民；

鹈野晋太郎曾残酷地砍杀和虐杀多名我被俘人员。

在大量的人证、物证面前，被告人全部低头认罪。

13日下午，法庭传讯众所周知的细菌战部队，即原日本关东军"731部队"支队长榊原秀夫。

被告人榊原秀夫，于1942年11月至1945年8月指使部下大量生产细菌，制造细菌武器，企图用细菌战对付我抗日军民。

对于他的罪行，除有证人出庭作证外，法庭还专门请中央生物制品研究所副所长孟雨等3名专家作为鉴定人出庭鉴定。

特别军事法庭大量的事实调查，证实了被告人铃木启久、藤田茂、上坂胜、佐佐真之助、长岛勤等 8 人坚决执行日本帝国主义对中国的侵略战争事实，在战争中公然违背国际法准则和人道主义原则，都是犯有严重罪行的战争犯罪分子。

调查结束后，根据事先拟定的审判程序，审判长宣布休庭 1 天。

第一次正义的宣判

6月15日上午，法庭进入辩护阶段。

公诉人权维才首先发表意见，他指出：庭审调查已经完全证实了起诉书中所控诉的被告人的犯罪事实，虽然被告人的种种罪行仅是日本帝国主义侵略我国所犯下的滔天罪行的一小部分，但仅仅是这一小部分这已经给我国人民带来了深重的灾难。

最后，权维才要求法庭对本案各被告人给予严厉的惩罚，他说，对他们的惩罚，同时也将是对一切妄图再走日本帝国主义可耻道路的侵略分子一个严正的警告。

公诉人发言后，律师徐平、王敏求、邓毅、韩凤路等按程序为铃木启久、藤田茂、上坂胜、佐佐真之助等8人进行辩护。

担任被告人铃木启久、藤田茂和佐佐真之助律师的徐平说道："铃木启久、藤田茂和佐佐真之助等都是日本陆军高级指挥官，有权独立指挥部下进行侵略活动，他们对指挥部下所犯的各种罪行，有其不可推卸的罪责；但他们的重大行动又须受战地最高司令官的指挥，负有最高刑事责任的应是发动侵略战争的东条英机、广田弘毅等元凶，以及罪大恶极的战地最高司令官冈村宁次等人。"

徐律师还提供了 3 个被告人在被关押期间的悔罪表现，请法庭在量刑时酌情对被告人进行从宽处理。

这些辩护词使铃木启久等人深为感动，他们听完徐律师的发言后，当场声泪俱下，诚恳地给辩护律师磕头谢恩。

韩凤路律师在为被告人榊原秀夫辩护时说："榊原秀夫是个军人，他所从事的犯罪活动多是涉及执行命令的问题。由于执行命令而犯了种种严重罪行，能不能免除其法律责任呢？"

同时，他又以榊原秀夫在改造中"悔罪表现较好"为由向法庭请求依照《关于处理在押日本侵略中国战争中战争犯罪分子的决定》第一条第二款的规定，给予从轻处罚。

辩护人进行辩护之后，公诉人权维才就辩护词的某些问题提出意见，辩护人又再次发言，直到双方都表示没有意见需要再陈述时，审判长宣布辩护结束。

下午，法庭专门开庭听取 8 名被告人作最后陈述。

铃木启久第一个发言。他说："开始，我想隐瞒自己的残暴罪行。但是，受中国人民人道主义的感化，我开始反省自己的罪行。说实话，论我的罪行，在法庭上没有什么可辩护的。但法庭给我找了辩护律师，还允许我自己辩护。我感谢中国人民，我真心地谢罪。"

藤田茂在陈述中说："在这个庄严的法庭上，我听到了中国人民对日本帝国主义的切齿愤慨的声音，并且深深地铭刻在心中。还有几百万已经去世的被害人，不能到这里控诉我们，我确实在中国犯下了滔天罪行"。

上坂胜在提到自己的罪行时说："我这样的人，就是判处死刑，也不能弥补我过去所犯的罪行。"他表示"愿意接受任何一种处罚。"

其他被告人在最后陈述中，都承认自己的罪行，并表示认罪服法。

法庭在听完被告人的最后陈述之后，决定休庭进行评议。

经过3天的评议，19日上午，法庭开庭对第一批公审的战犯藤田茂等8名被告人进行宣判。

庄严的时刻终于来到了。审判大厅里气氛庄严而肃穆。台上是审判长和两名审判员，台前是由检察官组成的国家公诉人小组，辩护律师小组在右侧，旁听席的位置坐得满满的。8名战犯面对审判台站立于大厅的中央。

所有的人都站立着。

审判长开始宣读判决书。他的声音洪亮而庄重，具有巨大的震撼力和穿透力。

日文翻译间错着宣读。8名被告人也都全神贯注地倾听着。审判长提高嗓门：

> 对这些战争犯罪分子本应严厉惩办，鉴于各被告人在关押期间不同程度的悔罪态度和各被告人的具体犯罪情节，根据中华人民共和国

全国人民代表大会常务委员会关于对日本侵略中国战争中战争罪犯的处理决定第一条第二项的规定，本法庭对各被告人作出如下判决：

一、被告人铃木启久，1890年生，前日本陆军第一七七师团中将师团长，被判处有期徒刑20年；

二、被告人藤田茂，1889年生，前日本陆军第五十九师团中将师团长，被判处有期徒刑18年；

三、被告人上坂胜，1892年生，前日本陆军第五十九师团五十三旅团少将旅团长，被判处有期徒刑18年；

四、被告人佐佐真之助，1893年生，前日本陆军第三十九师团中将师团长，被判处有期徒刑16年；

五、被告人长岛勤，1888年生，前日本陆军第五十九师团五十四旅团少将旅团长，被判处有期徒刑16年；

六、被告人船木健次郎，1897年生，前日本陆军第一三七师团大佐联队队长，被判处有期徒刑14年；

七、被告人鹈野晋太郎，1920年生，前日本陆军第三十九师团中尉俘房监督军官兼情报宣抚主任，被判处有期徒刑13年；

八、被告人榊原秀夫，1908 年生，前日本关东军"731 部队"少佐支队长，被判处有期徒刑 13 年。

各被告人的刑期，自判决之日起算，判决前关押的日数，以一日抵徒刑一日。

判决书念完后，8 名被告人"扑通"、"扑通"都跪倒下来，他们带着哭声喊道："感谢中国政府的宽大政策！中国万岁！和平万岁！"

全体受审战犯个个谢罪，无一赖罪，这在国际审判史上是没有前例的。

中国政府对侵略者的公正审判，既使受审者深感意外，也使国际社会对新中国刮目相看。

太原法庭的首次审判

1956 年 6 月 10 日，太原海子边的人民大礼堂，中华人民共和国最高人民法院特别军事法庭在这里与沈阳军事特别法庭同一时间对日本战犯进行审判。

海子边人民大礼堂门口悬挂着"中华人民共和国最高人民法院特别军事法庭"的牌匾，审判大厅中央高悬特制的大型国徽。

在庄严肃穆的大厅中，审判长朱耀堂、审判员殷建中、军法上校张剑、国家公诉人军法中校丁明端坐审判席。太原市各界人士和人民解放军驻军代表齐聚在旁听席上，等候着审判的开始。

不久，61 岁的战犯富永顺太郎身着蓝色囚服，在两名法警的羁押下进入法庭。

人们看到这个昔日疯狂一时、为所欲为的特务头子，像泄了气的皮球似的慢慢走进被告人席。

跟在他身旁的是他的法庭辩护人王乃堂和倪彬彬。

8 时 30 分，朱审判长宣布审判开始。

国家公诉人首先宣读起诉书，富永顺太郎所犯罪行如下：

……

1933年起，依托东北和华北的日伪铁路机构，参与策划、操纵针对中国人民的特务组织和间谍活动。1937年9月到1940年5月，策划扩充和加强交通警察机构的计划，使各铁路线警务机构构成了一个刺探抗日军民活动的庞大情报网……

长达近6000字的起诉书，公诉人用了将近15分钟的时间才宣读完毕。

随着起诉书里叙述一桩桩罪恶事件，富永顺太郎深深地低下了头。

在庭审调查中，来自各地的6名知情人和证人揭露了该犯自1933年以来，依托东北和华北的日伪铁路机构，参与策划、组织、操纵对中国人民的特务统治和间谍活动的种种罪行，证实富永顺太郎是长期对我国进行间谍活动的日本特务骨干分子。

面对证人，富永顺太郎显得非常紧张，人们甚至能看到他额头上渗出的细密汗水。

富永顺太郎承认曾经策划"爱护村"运动、强迫中国居民站岗放哨和从事军事劳役、组织指挥日军"宣抚班"、抓捕中国妇女"慰安"、印制解放区假钞等犯罪事实。并在法庭上说："在华北那条铁路上，由于我的计划和措施，到处都渗透着中国人民的血和泪，在主权国家公然进行这样的血腥暴行，我真是罪该万死。我衷心对中国人民表示忏悔。"

法庭对富永顺太郎罪行的审理，进行了两天。有两名中国律师担任了他的辩护律师。辩护律师在法庭上提供了有利于被告人的一些证据，请求法庭对悔悟的罪犯从宽处理。

法庭审理后确认：被告人富永顺太郎在日本侵华战争期间，犯有参与策划和推行各种警务、特务措施，组织领导特务间谍活动、建立傀儡伪政权，抓捕、刑讯和残害中国人民的罪行；在日本投降后，又犯有继续潜伏中国，破坏中国人民解放事业和阴谋复活日本军国主义的罪行。

庭审结束后，法庭让富永顺作最后陈述。

富永顺缓缓地从座椅上站起来，掉转身子，向他身后旁听席上的听众深深地鞠了一躬，然后用日语说道："我向中国人民请罪！"

6 月 19 日 8 时 30 分，法庭开庭对富永顺太郎进行宣判。

富永顺太郎戴着耳机听候宣判。

在审判长宣读判决书的同时，翻译人员也用日语播放判决书内容。

判决书在列举了他的犯罪事实后，又根据其在关押期间的悔罪表现，作出了以下判决：

被告人富永顺太郎，1895 年生，前日本北支那交通团交通地质室（富永机关）主事，被判处有期徒刑 20 年。

刑期自判决之日算起，判决前关押的时间，以一日抵徒刑一日。

听到最后的判决，富永顺太郎"扑通"一声跪倒下来，愧疚地说道："审判是实事求是、光明正大进行的，我只有低头向中国人民认罪，反省我的罪恶。"

太原法庭的第二次审判

太原特别军事法庭在审判富永顺太郎的同时，还对城野宏等 8 名战犯进行了审判。

法庭在 6 月 12 日 8 时 30 分正式开庭。到庭旁听的有太原市各界人士和中国人民解放军代表 300 多人。

担任这 8 人审判的我方官员是：审判长朱耀堂、审判员郝绍安和军法上校张剑，国家公诉人是首席检察员井助国、检察员军法大校黄泽湘、军法中校郭轩和张焕新等。

被告人的辩护人是律师冀贡泉、王克勤、崔玉华、何士英、黄文忠和梁振寰等。

这 8 名战犯多数是曾驻扎在山西各地的前日本陆军指挥官，他们有的曾命令或指挥所属部队残杀和平居民，制造了骇人听闻的惨案；有的曾参与把我被俘人员当做日军新兵"试胆锻炼"的活人靶进行杀害的罪恶活动。

最高人民检察院检察员、太原法庭首席检察员井助国，检察员军法大校黄泽湘，检察员中校郭轩，山西省人民检察院检察员张焕新，4 个人接力，用了半天的时间才宣读完《对城野宏等 8 名战争犯罪案起诉书》。

在当天下午的庭审调查中，法庭首先审讯的是相乐圭二。

相乐圭二曾经担任日本北支那派遣军第三独立混合旅第十独立步兵大队少尉小队长、中尉通信班长、中队长、大尉大队副官、第九独立步兵大队长等。日本战败后，他又参加国民党军组织的反共活动，搜罗日军残兵败将，组成第十独立总队，任上校参谋长，后升为少将参谋长。

相乐圭二带领着手下公然违反《波茨坦公告》与其他国际公法，以"复兴皇国，恢弘天业"为宗旨，实施战败后的"山西残留"，明火执仗地对抗中国共产党领导的人民解放战争，肆无忌惮地杀害中国人民。

对相乐圭二的庭审进行了 1 天。

6 月 13 日，特别法庭又开庭审讯原山西省日伪政权的参与操纵者、日本侵略军"残留山西运动"的参与策划者和组织者城野宏。

庭审开始之初，城野宏千方百计想为他的严重罪行进行狡辩开脱。

例如，1944 年至 1945 年，该犯在担任日伪山西省政府顾问辅佐官和山西保安队指挥官时，被证实犯有策划、指挥日军 3 次"扫荡"晋中各县，大肆掠夺粮食、财物的罪行。

但是，他为减轻罪责，只承认 1 次是由他策划、指挥的。

审判员传出曾任日伪山西保安队副司令的赵瑞出庭作证。

赵瑞反驳城野宏说："每次'扫荡'都是先由他和日军第一军参谋岩田清一研究决定后才告知我，并一同率领部队去执行，我有自己的责任，不过决策、指挥权都在城野宏手中，这是他抵赖不了的事实。"

在确凿的证据面前，城野宏最后无话可说了。

6月14日，法庭开庭调查前日军陆军大尉菊地修一的犯罪事实。

证人张金旺手指着自己的受害部位向法庭控诉道：

> 1944年10月9日，你指挥日军把我和俺村的11个农民，先用刺刀捅，然后扔进一个深井活埋了。后来只有我一人被抢救出来，但我的左腿、耳朵都受了重伤，是你这个强盗把我害成了终生残废！

菊地修一见此情景低下头去，连声说道："我认罪，我认罪，请严惩我吧！"

15日受审的是战犯永富博之。

他在山西省闻喜县主持伪横水镇情报工作期间，曾以极其残酷的手段刑讯中国和平居民，逼索情报，先后亲自指挥和命令部下残忍地杀害了100多人。

1943年10月7日，永富博之在沁源县自强村将党翠娥等11名妇女和儿童赶入窑洞纵火焚烧。

对永富博之进行指证的是自强村幸免于难的60多岁

的受害人党翠娥，她专程从沁源赶来太原控诉永富博之的罪行。

党翠娥说：

......

1943 年农历九月九日，永富博之带领日本情报工作人员，来到沁源县自强村"扫荡"。永富博之在一个窑洞里抓住了我们 13 个人，后来有两个人趁日本人不注意，跑了。剩下的 11 个人被赶到自强村的一个大窑洞，窑洞里有一个小地洞，永富博之让我们下到地洞里。小孩和妇女下不去，他们就用脚踢、用枪打，硬是将我们按进地洞里。孩子们有的被挤断了胳膊，有的被压伤了腿。之后，他们点着火，连烧了两次，还用大石板盖上洞口。后来我哥哥赶到，把石板揭开，我们 11 个人有 8 个被烧死。我 10 岁的大姑娘张小辫，7 岁的大儿子张栓虎，5 岁的二儿子张二小，和两个分别才 7 岁和 5 岁的侄女党梅香和党泡香全部都死了，我一个孩子都没有啦！

......

党翠娥老人揪人心肺的哭诉声，震撼着审判大厅，激起了人们对战犯的愤恨。

永富博之在众目睽睽之下，跪倒在地，连续叩头，以示谢罪。

当天下午受审的是建议杀害抗日英雄赵一曼的罪魁祸首大野泰治。

审判员验明被告人身份后，首先调查被告人 1936 年 2 月间担任何职，被告人供述担任"满洲国"滨江省公署警务厅特务科外事股长。

审判员问道："根据起诉书的控诉，你在此期间曾经亲自刑讯了中国抗日英雄赵一曼，你将刑讯赵一曼的经过讲一讲。"

大野泰治答："我在滨江省担任警务厅外事股长时，抓捕了赵一曼，当时，她的胳膊和腿都负了重伤。为了让她说出共产党的组织和活动情况，我就拿鞭子抽打她的伤口，她宁死不说。我就继续鞭打她的伤口处，使她几次昏死过去。后来，我们又把她关押到哈尔滨警备厅拘留所地下室。在那里，我们也对赵一曼进行了审讯，我用木棒抽打她的胳膊，捅她的腿，用手拧、打她的伤口，使她时刻都处于非常痛苦的状态。但是，刑讯逼供并没有效果，于是我就向直属上司特务科长山浦清人写报告，说赵一曼是中共珠河县委委员，是组织全县进行抗日活动的中心人物，要尽量利用这个女人破坏共产党的活动，不行就把她杀掉。"

大野泰治承认，他对赵一曼不仅进行了拷打，而且应该担负杀害的责任。

紧接着，山西应县下社村受害村民控告大野泰治在他们村制造了骇人听闻的惨案。

证人指出，大野泰治曾用各种残忍手段屠杀了197名村民，其中包括妇女、老人和幼童。

面对受害村民愤怒的控诉，日本战犯大野泰治低下头认罪："我对自己的罪行从心里表示忏悔，我衷心地向死去的中国人民谢罪，我接受法庭对我的罪行所做的审判。"

16日上午受审的是战犯笠实和神野久吉。

神野久吉是"三光政策"最"忠实"的执行者。在审判员审讯中，他承认了自己的犯罪事实：

> 我于1941年3月，以伪蒙古联合自治政府警察队指导官身份来到中国以来，曾犯下了杀人、放火、强奸妇女、掠夺物资等数不尽的罪行。
>
> 1941年的中秋节那天，当我得到雁北抗联训练班、平鲁县政府和其他的人在平鲁县白家辛庄窝村的情报以后，立即指挥伪警察队予以袭击，并下了"凡逃跑的人都加以杀害"的命令和搜索的命令；刺杀了负伤后失去了抵抗能力的学生、工作人员41名，另有18名和平居民被刺得像蜂窝似的或者被射杀了，甚至还杀害小孩，强奸妇女。

此次行动，我们共杀害了 103 名抗日工作人员和学生、18 名和平居民，甚至连伤员、老人、妇女、儿童也不放过。

　　1945 年 3 月 31 日，我在参加伪蒙古联合自治政府大同省公署所进行的灵丘县公署的撤退时，尽管当时雁北地区还是天寒地冻的时候，但我却放火烧毁了灵丘县城，使几千名和平居民长期无家可归，流离失所。

　　我就是这样执行了"烧光、杀光、抢光"的"三光政策"，就是日本所说的"八纮一宇"的精神，也就是建设大东亚共荣圈的实际内容。

　　我现在忏悔和憎恨我那魔鬼般的罪行。我对使我犯这样罪行的发动侵略中国战争的日本帝国主义者，抱有无限的憎恨。我的每一件罪行，都是违反了国际法和人道原则的，我深深地向中国人民谢罪。

　　战犯住冈义一于 6 月 16 日 16 时 20 分被带上法庭。审判长查明被告人的身份后，开始发问。

　　因为住冈义一在 1942 年 7 月间曾担任过独立混成第四旅团独立步兵第一、三大队机关枪教育队少尉教官，为此，审判长向被告人询问道："你对新兵进行教育的方针是什么？"

　　住冈义一答："对新兵教育的方针，是在作战时候或者在日本军警备地区把新兵和老兵混在一起，对他们进行杀害中国人的教育，首先对他们做'试胆'教育，把中国人当做活靶刺杀，进行锻炼。"

审判长问："那么你们是在什么地方执行这个方针的？"

被告人答："在太原市小东门外赛马场东边进行的。"

审判长问："在这个方针下，你们一共刺杀了多少被俘人员？"

被告人答："一共是340多名。"

审判长问："这340多名被俘人员，你们是分几次对他们进行刺杀的？"

被告人答："第一次是在1942年7月26日，第二次是8月2日左右。"

审判长问："为什么要选择这个时间对他们进行残杀呢？"

被告人答："因为这些新兵是从日本刚来中国的，所以要对他们进行为期3个月的教育。为了检查这3个月的教育情况，我们就把中国人作为活人靶来检查新兵所谓参加作战的战斗能力。"

审判长问："当时你们屠杀他们的方式是怎样的？"

被告人答："让俘虏跪在地上，手绑在后面，剥去他们的衣服，让新兵刺胸部，这样杀害他们的。当时新兵只使被害者负了伤，没有完全死，我就用我自己的刀刺他们的胸部，向新兵做示范，把俘虏刺死。"

在庭审调查中，为了进一步证实住冈义一带领部下对我方被俘人员施行暴行的事实，公诉人郭轩当场宣读了证人赵培宪的控诉书。

赵培宪是当时从刑场逃跑脱险的唯一幸存者。他清楚地记得住冈义一等人的犯罪经过，由他亲自完成的控诉书如下：

> 我是从敌人的毒手里逃出来的，我愿意把我遭遇的一切说给大家听。
>
> ……
>
> 被当做"肉靶子"的已不是一批，7月26日轮到了我们。
>
> ……
>
> 我是第三批的一个，是站在最前面的一个，衣服已被剥去，敌人用一条已牺牲同志的裤带，背捆了我的手，敌人踢我，叫我跪下，这时我的血燃烧着。
>
> 我想："不能像绵羊一样被宰割啊！应该在临死之前和他们斗争呀！"
>
> 第二批剩下的仅少数几个人了，他们由怒骂、呼喊变成呻吟，无声地躺在血泊里了。当敌人的刺刀在靠近我前面的同志的胸膛里未拔出以前，我猛地挣脱了绳索，跳过沟，侥幸跑了出来。

我跑出来了，但我们许多同志却已被当做"肉靶子"牺牲在敌人的刺刀下了。

我真想不到世界上有这样灭绝人性的野兽，难道我们中华民族的优秀儿女可以这样被虐杀吗？

念完控诉书后，审判长问住冈义一："刚才公诉人宣读的受害人赵培宪的控诉书是事实吗？"

住冈义一答："是的，正是证词所说的那样。"

按照审判长讯问的次序，住冈义一又供述了第二次屠杀被俘人员时，他指挥大约70名新兵，对收容在工程队里的妇女、学生50名和有病的男人20名共70名，用刺刀刺胸部进行杀害。他亲手杀死新兵未刺死的被俘人员10多名，最后，将全部尸体扔到杀人现场东北方向5米多深的地洞里。

对于这个事实的核实，审判长专门请来了鉴定人王克峰宣读对在赛马场挖出的中国被俘人员尸骨的鉴定结论，即《山西省高级人民法院法医室尸骨鉴定书》。

在铁的证据面前，住冈义一跪倒在法庭上，大声地忏悔："我对不起中国人民啊！"

6月17日，8名被告人的辩护律师对被告人的所犯罪行进行了辩护。

在为被告人住冈义一辩护的过程中，最高人民检察院检察员井助国作为公诉人在法庭上发表公诉意见。

他说:"被告人住冈义一在中国沦陷区采取了灭绝人性的'三光政策',使用极其残忍狂暴的手段对中国和平居民进行血腥镇压、残杀。他们使用各种各样的残暴手段,对待已经解除武装的俘虏和伤病人员,尤其惨无人道的是,将成批的俘虏作为训练新兵刺杀的'活人靶'加以刺杀……他们不仅是侵略政策的坚决执行者,同时也是指挥烧杀、奸淫、破坏、掠夺的凶恶罪犯。"

对于住冈义一残忍杀害我方被俘人员的犯罪事实,辩护人黄文忠本着自己的工作职责,请求法庭对犯人从宽处理。

第二天,法庭听取了各被告人的最后陈述。

首先发言的是城野宏,他说:"我犯下严重罪行,是个不可饶恕的罪犯,可是中国人民却给我人道主义的待遇。我完全错了,我的确有罪,请给我严厉的惩处吧!"

接着陈诉的是相乐圭二和菊地修一。

菊地修一说道:"我犯的罪是何等严重啊!我诚恳谢罪。我要以苏醒的良心宣誓:无论如何不再参加侵略战争,无论如何不再盲从军国主义者,无论如何也不再干危害和平的事!"

住冈义一说:"我向代表中国人民的审判长表示我的愿望和决心……我要在今后的余生中,以我自己的亲身体验,告诉人们,要反对战争,维护和平。我决心为保卫和平而斗争,我发誓要献身于最有意义的崇高的和平事业,来向中国人民谢罪。为此,特向审判长请求给我严重的处理，给我一次谢罪的机会。"

永富博之说："由于我直接犯的罪行和我命令部下所犯的罪行使许多中国人陷入无限痛苦之中。我要利用公判的最后机会，在神圣的中国领土上，对被害者的家属们，对过去遭到我部下的直接迫害还活着的人们，对全中国的人民跪下来叩头，向中国人民谢罪。"

大野泰治说："我确实犯下了双重战争罪行，应该受到严厉的惩处。"

后来，其他几个被告人也在最后的陈述中，承认了自己的罪行，并表示愿意接受法庭的惩处。

根据 8 名被告人所犯罪行和悔罪表现，审判长宣布法庭于 19 日休庭 1 天，在 20 日下午宣布判决情况。

6 月 20 日 14 时 30 分，太原特别军事法庭审判长朱耀堂宣读特军字第三号判决书。

翻译人员同时用日语进行翻译。

判决书内容如下：

一、被告人城野宏，1914 年生，前日本驻山西省政府顾问辅佐官，阎锡山太原绥靖公署教导总队少将总队副兼政工处处长，被判处有期徒刑 18 年；

二、被告人相乐圭二，1916 年生，前日本北支那派遣国独立混成第三旅团独立步兵第九大队大尉大队长，阎锡山太原绥靖公署总队少将团长，被判处有期徒刑 15 年；

三、被告人菊地修一，1915 年生，前日本北支那派遣军独立混成第三旅团独立炮兵大队大尉大队长，阎锡山太原绥靖公署教导总队少将炮兵团长，被判处有期徒刑 13 年；

四、被告人永富博之，1916 年生，前日本驻山西省闻喜县、安邑县保安联队部指导官，阎锡山太原绥靖公署教导总队上校团长，被判处有期徒刑 13 年；

五、被告人住冈义一，1917 年生，前日本北支那派遣军独立步兵第十四旅团二四四大队大尉中队长，阎锡山太原绥靖公署教导总队上校团长，被判处有期徒刑 11 年；

六、被告人大野泰治，1902 年生，前日本伪蒙大同省公署直辖警察队队长，阎锡山太原绥靖公署炮兵集训团中校教官，被判处有期徒刑 13 年；

七、被告人笠实，1906 年生，前日本伪蒙大同省公署直辖警察队首席指导官，阎锡山大同保安总队司令部少校情报主任，被判处有期徒刑 11 年；

八、被告人神野久吉，1908 年生，前伪蒙大同省公署直辖警察队首席指导官，阎锡山大同保安总队司令部少校情报主任，被判处有期徒刑 8 年。

　　刑期自判决之日起算，判决前关押的日数，以一日抵徒刑一日。

审判长宣读判决书完毕，战犯都表示认罪服法，甘愿接受中国政府和中国人民的惩罚。

随后，审判长宣布闭庭。

沈阳法庭的最后判决

7月1日，继6月9日开庭审判铃木启久、藤田茂等8名日本战争罪犯后，特别军事法庭在沈阳又开庭审判了武部六藏、古海忠之等28名日本战犯。

这是沈阳法庭的第二次审判，也就是特别军事法庭的第四次开庭审判。

与第一次审判不同的是，本次的审判长由时任最高人民法院审判庭庭长的贾潜担任。出庭作证的27名中国公民中，还包括伪满"皇帝"爱新觉罗·溥仪及"大臣"王贤伟等12人。同时出庭作证的还有9名日本战犯，他们分别是铃木义夫、长岛玉次郎、林竹次、大美贺好一、西村哲夫、前渊秀宪、森三吾、石乌谷米太郎和长谷川辰太郎。

另外，还有19名中国律师为28名被告人担任辩护。

8时30分，审判长贾潜宣布开庭。

履行完相应的法律程序，审判长提请国家公诉人、最高人民检察院首席检察员李甫山和检察员曹振铎、李放、高正权等4人开始宣读长达万言的起诉书。

起诉书上列举了各被告人的犯罪事实。这些犯罪事实以档案书刊315件、证人证词360件、被害人和被害人亲属的控诉书 642 件，以及被告人的供词等大量材料作为证据，像是一部编年史，记录着日本侵略者从疯狂到灭亡的过程。证据充分，义正词严，字字表达着中国人民的心声，传递着历史的呼声，揭露出法西斯分子的凶残面目。

7 月 2 日是法庭调查，开庭后，审判长发令："传被告人古海忠之到前面来。"

古海忠之是"满洲国"的最高代表之一，是伪满国务院总务次长，也是傀儡皇帝溥仪的幕后操纵者。在华期间，古海忠之坚决执行日本帝国主义对中国的侵略政策，犯下了严重的罪行。

审判长首先对被告人的身份进行核实：

"你是古海忠之吗？你在伪满洲国政府中担任过什么职务？"

古海忠之回答："我在 1941 年 11 月任总务厅次长。"

审判长又问："那实际上在伪满洲国政府中又起什么作用呢？"

古海忠之说："总务厅次长接受总务厅长官的命令，根据各自分担的事务，领导自己分担的各处的职员并领导监督各部门，对'满洲国'进行控制。"

讯问结束后，审判长随即传召了"满洲国"皇帝爱新觉罗·溥仪及其"臣子"谷次亭等 9 名证人。

为了准确揭露古海忠之在东北犯下的罪行，溥仪在他的证词中说："在伪满，我是没有实权的。统治和支配伪满的实权者，是武部六藏和他的辅佐者伪满总务厅次官古海忠之。伪满的所有政策法令的制定和实施，都是由他们召开日本关东军第四课课长、伪各部日本人次长参加的'火曜会'作出决定，直到这些决定成为不可动摇的铁案后，再经伪满洲国务会议和伪参政会议通过，并向我作形式上的报告，经我形式上的'裁可'再发表实施。"

溥仪还说："伪满各部的次长、各省副省长、各县副县长都是日本人，他们都受武部六藏的直接指挥，而又都把持着实权。这就构成了日本人从中央到地方的严密的控制网。"

溥仪的作证结束后，"满洲国"的大臣们也对古海忠之的罪行进行了指责。

"满洲国交通部大臣"谷次亭对古海忠之参与策划、制定并推行各种政策法令的罪行作证；

"满洲国总务厅次长"王贤伟对古海忠之参与策划、制定各种镇压、屠杀、奴役、掠夺政策法令的罪行作证；

"满洲国外交部大臣"阮振铎，对武部六藏主持、古海忠之参与决定掠夺中国东北物资的政策法令和重要措施的罪行作证；

"满洲国兴农部大臣"黄富俊，对古海忠之参与决定掠夺中国人民粮食的政策法令和重要措施，以及实施

"开拓"政策的罪行作证；

"满洲国滨江省长"王子衡，对古海忠之召开省长会议推行粮谷掠夺政策法令的罪行作证；

"满洲国经济部大臣"于静远，对古海忠之参与决定和领导推行劳务奴役政策法令的罪行作证；

"满洲国司法部大臣"阎传绂，对古海忠之参与决定镇压中国人民的政策法令和主要措施的罪行作证；

"满洲国厚生部大臣"金名世，对古海忠之参与决定和领导推行鸦片毒化政策的罪行作证……

受审的伪满洲国国务院总务厅次长古海忠之四次垂头，两次流泪，供认伪满皇帝溥仪的"大臣""省长"出庭作证的证词是"事实""全部属实""完全是真实的"。

接下来的几天，法庭又先后对伪满洲国间岛省省长岐部与平、"新京高等检察厅"次长杉原一策、伪哈尔滨高等检察厅检察官沟口嘉夫、伪司法部司法矫正总局局长中井久二、伪哈尔滨高等法院次长兼特别治安庭庭长横山光彦、伪满洲国宪兵训练处少将处长斋（齐）藤美夫、前佳木斯日本宪兵队中佐队长宇津木孟雄、前日本关东军第一特别警备队教育队中佐队长志村行雄、前哈尔滨道里日本宪兵分队少佐分队长西永彰治、前日本关东宪兵队司令部中佐高级副官吉房虎雄、前新京日本宪兵队少佐分队长藤原广之进、前日本关东军第三特别警备队少佐队副木村光明、前锦州日本宪兵队中佐队长堀口正雄、前四平日本宪兵队中佐队长上坪铁一、前兴安日本宪兵队少佐队长小林喜一、伪牡丹江铁路警护旅少将旅长佐古龙祐、伪奉天铁路警护团上校团长蜂须贺重雄、伪满洲国国务院总务长官武部六藏、伪奉天省警务厅厅长兼地主保安局局长三宅秀也、伪警务总局警务处处长今吉均、伪抚顺市警察局局长柏叶勇一、伪齐齐哈尔市警察局特务科科长田井久二郎、伪锦州市警察局警务科科长鹿毛繁太、伪滨江省警务厅司法股股长兼搜查班主任筑谷章造、伪警务总局特务处调查科科长岛村三郎、伪吉林省怀德县警务科科长野崎茂作、伪铁路警护军少将参谋长原弘志27名战犯进行了犯罪事实调查。

这些受审人中的宇津木孟雄、田井久二郎、木村光明、沟口嘉夫、志村行雄等5人，因身体有病，在审讯时经过审判长的同意给予他们可以坐下听审的特权。

在审讯武部六藏时，他因病不能到庭，特别军事法庭委派审判员杨显之前往被告人住地进行讯问。一同前往的还有国家公诉人军法上校曹振铎，以及被告人的辩护律师关梦觉、赵敬文。

武部六藏在1940年7月到1945年8月间任伪满洲国国务院总务长官。这个职务名义上是辅佐伪满洲国国务总理行使职权，实际上他的权力在伪满洲国政府中超越一切。他主持了一个由伪满洲国国务院各部日本人次长等人组成的"火曜会",凡伪满洲国制定的政策、法令和采取的重要措施,都必须先由"火曜会"决定,然后再在形式上经由伪满洲国皇帝公布施行。因此,武部六藏主持的"火曜会",实际上是伪满洲国政府的最高决策机构。

武部六藏任伪总务长官期间,策划并操纵伪满洲国傀儡政府制定和实施了镇压东北人民的《治安维持法》、《思想矫正法》、《保安矫正法》和《时局告别刑法》等罪恶法令,并且建立伪警察、伪司法机关,指使日伪军队、宪兵、警察和伪司法机关对我国东北人民进行残酷的镇压。特别是在黑龙江、吉林和热河等地进行了多次"治安肃正",疯狂地抓捕、屠杀和囚禁东北人民。并且在热河省大量驱逐和平居民,毁灭和平村镇,制造了许多无人区。仅1943年春季到秋季,在热河省就驱逐居民18万户,强迫他们集中在3000多个集中营式的"集团部落"内,并且对这些无辜居民任意加以蹂躏。

与此同时,武部六藏还推行掠夺东北人民粮食的"粮谷出荷"政策,强占人民土地的开拓政策,强迫人民从事奴役性劳动的劳务政策,强征青年充当伪军的《国兵法》以及毒化政策和文化侵略政策。当时伪满洲国规定不准东北人民说自己是中国人,还推行日语为伪满洲国国语,并且要小学生从上学起就开始学习日语。

在审判员讯问时,武部六藏承认起诉书上对他的控诉完全是事实。

7 月 9 日，法庭继续开庭审讯曾任伪满洲国陆军少将的原弘志。

审讯时，被告人的辩护律师习瑞安向法庭报告，他的委托人左耳聋，请求允许被告人戴上助听器。审判长同意了。法庭工作人员上前给原弘志戴上了助听器。

审判员向原弘志发问说："中国检察机关在侦讯过程中所提出的证据，证人的证词，控诉人的控诉书，你都看过吗？"

原弘志回答："是的。我前后 3 次详细看过各种证词、证明书和控诉书以及档案等材料，我承认这些都是事实。"

审判员问："你在上面签字了吗？"

原弘志说："是的。给我看过的材料，我全部都签了字。"

审判员叫书记员把案卷拿给原弘志看。原弘志逐页翻阅案卷。

审判员接着说："原弘志，你看了之后，认为哪些地方有问题？"

原弘志回答："刚才我所看的，除刚才报告的以外，全都签了字。卷中所写的，我也看过了，没有别的意见。"

审判员："没有签字的，你都看过了吗？"

原弘志："请允许我再看一次。"

审判长叫翻译员用日语把控诉书念给原弘志听。

读完后，审判长询问："这个控诉书是经中国检察机关派人到当地调查后所收集的。被告人对这份控诉书有什么话说？"

原弘志低下头说："这个控诉是事实。对这个罪行，我作为'西南防卫委员会委员'，应负全部责任。作为锦州铁道警护本队长，对这次逮捕，我负参与、策划、指挥的责任。通过这一次的审理，我更深刻地认识到自己罪孽的深重。"

法庭调查于 11 日下午结束，当天上午审讯的是伪满三江省警务总局特务处调查科科长岛村三郎。

此人曾担任过伪满滨江省肇州县副县长、三江省警务厅特高课长等职。

1939 年，他纠结同伙射杀抗日武装人员 130 多人，抓捕和平居民 2595 人，一次集体枪杀和平居民 42 人，将 19 人捆绑着铁丝投入冰窟，制造了血染江红的"三肇惨案"，又亲手建立秘密杀人场"三岛化学研究所"。

审讯中，审判员向岛村三郎发问："《起诉书》上起诉的事情，有没有不属实的地方？"

岛村三郎回答："没有。这里起诉的事实，这只是我 11 年中所犯罪行的一部分。"

审判员又问："现在，你对过去的罪行有什么想法？"

"当年，我满怀军国主义的野心，杀害中国和平居民，任意侮辱、迫害他们，掠夺他们的财产，并把这些当做向天皇效忠的业绩。我是地道的人面兽心的鬼子，这就是我这个侵略者的本质，也是日本帝国主义的本质。前年听说自己的长子死了。收到妻子来信的那天，我在运动场的一个角落里失声痛哭。人心都是肉长的，然而我当年则是一个魔鬼，一个不通人性的魔鬼。因为自己孩子的死，我有流不尽的眼泪，而当年我残杀了那么多善良人们的儿女，却从未流过一滴眼泪。我痛恨自己是一个已经没有资格活在人世的鬼子。我深感自己是个死有余辜的战争罪犯，请求判处死刑。"

　　岛村三郎说完上面的话，就地后退了几步，双膝跪倒在地，说道："在这块洁净的地毯上，留下了我真诚悔罪的眼泪和手掌的痕迹。"旋即，他转身面向旁听席磕头，大声喊："各位旁听代表，我犯有滔天大罪，中国人民就是把我劈成八瓣也不能解他们的心头之恨，我愿意接受中国人民对我的最严厉的惩罚！"

　　见此情景，两位值勤军人急忙上前将他扶起。岛村三郎已泣不成声，他继续说道："我知道，好的认罪态度，应该是要求判处死刑。可我明明知道《人大决定》讲的'分别予以宽大处理'的意思就是不判处死刑，还仍然要求判处死刑，难免掺杂了一些'武士道'的精神。这样理解'死不足惜'、'视死如归'的格言，混淆死的意义和性质，能说是正确的认罪态度吗？"

岛村三郎内心充满了矛盾和疑虑，他接着说道："那么，就干脆承认自己有怕死的心理，直率请求轻判，一息尚存便为反战和平而斗争。不！我决不能这样做，现在还没有资格这样做，只有在宣判留有余生之后才能这样做。"

7月12日，法庭开始辩论。

国家公诉人、首席检察员李甫山指出：经庭审调查，完全证实了本案被告人武部六藏等28人均属罪恶重大的战争犯罪分子。为了伸张正义，维护我国神圣不可侵犯的主权和世界和平，请求法庭给被告人以应有的惩罚。

接着，律师们为被告人作辩护。律师关梦觉和赵敬文为被告人武部六藏作了辩护。其余17位律师也分别为27名被告人作了辩护。辩护人根据被告人的悔罪表现，请求法庭从宽判处。

13日上午，辩论结束。下午，被告人最后陈述意见。

被告人古海忠之在陈述意见时说："我深深地认识到我是一个公然违反国际法和人道主义原则，对中国人民犯下了重大罪行的战争犯罪分子，我真心地向中国人民谢罪。对于我这样一个令人难以容忍的犯罪分子，6年来，中国人民始终给我以人道主义待遇，同时也给了我冷静地认识自己罪行的机会。由于这些，我才恢复了良心和理性。我知道了真正的人应该走的道路。我认为这是中国人民给我的，我不知道怎样来感激中国人民。"

被告人斋藤美夫说："日本帝国主义发动了侵略战争，使中国人民遭到了难以计算的损失，使日本人民遭到了蹂躏和史无前例的灾难。我积极参加了日本帝国主义的侵略战争。回忆过去，我感到万分惭愧和忏悔。我现在认识到罪行的严重性，无论法庭对我判处什么样的重刑，我都愿意接受。"

被告人佐古龙祐说："自我认识了自己的罪行以后，我才算是走上了作为人的第一步。今后，我要唤醒我的良知，重新做人。"

被告人鹿毛繁太说："以我自身的体验，侵略战争给人类带来的痛苦和灾难已不能用言语形容。侵华战争期间我犯下了极为严重的罪行。我憎恨自己的过去，也憎恨侵略战争。我要反对侵略战争，为持久和平而斗争，我认为这样做才是一个已经被唤醒了良知的人应该走的道路。我请求法庭对我加以严惩，这是应该的，正义的。我想这对正在阴谋发动侵略战争的帝国主义分子也是一个警告。"

被告人相乐圭二说："我宣誓我要重新做人，和人民在一起，成为一个保卫和平的真正的人。"

经过几天的评议，法庭决定在 20 日开庭宣判 28 名被告人。

20 日 8 时，宣判正式开始。

判决书首先由审判长贾潜宣读，审判长从文头开始，宣读至被告人斋藤美夫个人部分时，交由审判员杨显之宣读；杨显之宣读至被告人原弘志个人部分时，转由审判员王许生宣读；王许生宣读至被告人柏叶勇一个人部分时，复由审判长宣读，就这样接力，直至全部读完。

武部六藏等28位被告人肃立恭听。

最后的宣判如下：

根据中华人民共和国全国人民代表大会常务委员会关于对日本侵略中国战争中战争罪犯的处理决定第一条第二项的规定，本法庭对各被告人作出如下判决：

一、被告人武部六藏处有期徒刑20年；

二、被告人古海忠之处有期徒刑18年；

三、被告人斋藤美夫处有期徒刑20年；

四、被告人中井久二处有期徒刑18年；

五、被告人三宅秀也处有期徒刑18年；

六、被告人横山光彦处有期徒刑16年；

七、被告人杉原一策处有期徒刑18年；

八、被告人佐古龙祐处有期徒刑18年；

九、被告人原弘志处有期徒刑16年；

十、被告人岐部与平处有期徒刑15年；

十一、被告人今吉均处有期徒刑16年；

十二、被告人宇津木孟雄处有期徒刑 13 年；

十三、被告人田井久二郎处有期徒刑 16 年；

十四、被告人木村光明处有期徒刑 16 年；

十五、被告人岛村三郎处有期徒刑 15 年；

十六、被告人鹿毛繁太处有期徒刑 15 年；

十七、被告人筑谷章造处有期徒刑 15 年；

十八、被告人吉房虎雄处有期徒刑 14 年；

十九、被告人柏叶勇一处有期徒刑 15 年；

二十、被告人藤原广之进处有期徒刑 14 年；

二十一、被告人上坪铁一处有期徒刑 12 年；

二十二、被告人蜂须贺重雄处有期徒刑 12 年；

二十三、被告人堀口正雄处有期徒刑 12 年；

二十四、被告人野崎茂作处有期徒刑 12 年；

二十五、被告人沟口嘉夫处有期徒刑 15 年；

二十六、被告人志村行雄处有期徒刑 12 年；

二十七、被告人小林喜一处有期徒刑 12 年；

二十八、被告人西永彰治处有期徒刑 12 年；

服刑期从拘押期起算，一日抵一日。

经过 3 个多小时的接力宣读，28 个被告人的判词终于宣读完了。

"我以紧张的神情逐字逐句地静听着，生怕漏掉一个字。"被告人岛村三郎事后说。当他听到判处他有期徒刑

15 年时，"我有说不出的高兴和激动，腿也不疼了，好像能立刻飞出去似的，浑身是劲。当我走出法庭，眼望着不挂一丝浮云的蔚蓝色天空。我知道，我的第二次生命是中国人民给予的，决不能作其他解释。这完全是发自肺腑的毫无虚假成分的真挚感情。"

岛村三郎的话，反映了全体战犯的心声。

那么，接受根深蒂固的日本军国主义教育的这些"武士"们，为什么没有像他们的首相东条英机那样，临上绞刑台时，还无耻地宣称自己所干的事是"正确"的，反而良心发现了自己所犯下的罪恶了呢？

说起他们这种思想的转变，我们不能不回溯那段风雨飘摇的历史……

二、 边境引渡

● 会谈中，罗申对毛泽东说："日本战犯应该引渡到中国，由你们来审判和处理。"

● 周恩来总理特别指示：在接收过程中保证"一个不跑，一个不死"。

● 科雷阔夫少校对中方代表领导人说："这些战犯，是一群恶棍，只有杀掉！"

罗申提出引渡日本战俘

1950 年 1 月 1 日，莫斯科近郊的孔策沃别墅。半个月之前来苏联访问的中共中央主席毛泽东正在一边吸烟，一边观赏莫斯科郊外的风景。

一辆小车静静地停在别墅前。苏联驻华大使罗申奉外交部部长维辛斯基之命，在其司机的带领下，前来拜会毛泽东。

双方各致问候之后，便进入了正题。

会谈中，罗申对毛泽东说："1945 年，苏联出兵中国东北，打败日本并将一批日本战犯战俘和伪满洲国皇帝溥仪等人押到了苏联。现在中华人民共和国已经成立，这些战俘应该引渡到中国，由你们来审判和处理。"

毛泽东立即表态说："中国迟早要将这批战犯接过来进行审判，只是目前还不是最好的时机。"

罗申问道："我们愿听毛主席的安排，但不知目前办这件事，有什么困难？"

毛泽东回答说："目前中国人民的主要精力还集中在内战罪犯方面，估计审讯内战罪犯的时间最快也要到 1951 年才能结束。"

罗申仍然不解地问："但不知您说的这件事与引渡日本战俘有什么关系？"

"如果先期审讯日满战犯，而不审讯内战罪犯，则有很多不足之处。"毛泽东向罗申详细说明了目前尚不能审讯日本战犯的理由。

考虑到毛泽东所说的具体情况，罗申随后又向毛泽东提议说："苏联政府受到道义的约束，到1950年1月必须遣返全部日本战犯。或许我们可以考虑在形式上把日本战犯移交给中国，而在事实上暂时还把他们留在苏联国土上。"

毛泽东沉吟了一会儿说："这件事我考虑一下，争取在我回国前，给你们一个满意的答复。"

1月10日，周恩来率领代表团来到莫斯科，毛泽东将"日本战犯"的具体事宜交给了周恩来全权负责。

同年3月，周恩来在和毛泽东一起从莫斯科回北京前告诉罗申说，中国政府决定，在年内将战犯押回中国国内。

周恩来谈对战犯的处理

周恩来回国后的一天，公安部部长罗瑞卿和司法部部长史良前来中南海，走进周总理的办公室。

他们二人是在前一天接到周总理的电话相邀而来的。

两人坐定后，周恩来便将苏联要移交日本战犯的事告诉了他们，请他们说说处理的办法。

史良说："这些战犯还没有经过法庭的审判，如果现在由司法部管理是不符合法律程序的。"

周恩来点点头。

罗瑞卿说："公安部门倒是可以先期进行罪犯的罪证搜集工作。"

周恩来赞许地说："那么，公安部就将这项工作先接过来吧。"

他们经过商议决定，将日本战犯全部交给公安部，由公安机关负责调查罪犯的犯罪事实，搜集罪犯的作案证据。

罗瑞卿是个真诚、直率，爱憎分明的人，他非常希望能将这些罪大恶极、血债累累的战争罪犯，经过审判后量刑处置。他认为只有这样，才能既大快人心，又可提高新中国的威望。

具有深刻洞察力的周恩来，似乎看出了罗瑞卿的心思，他郑重地向罗瑞卿宣布了毛泽东主席提出的对战犯处理的政策。

周恩来说："我们的任务，是把这一批战争罪犯接收关押起来进行改造，要做到一个不跑，一个不死！毛主席指示说，要考虑一个不杀。民族之恨、阶级之仇，是不该忘的。可是今天，形势不同了。别说杀掉一个，一百个也容易得很嘛。我们要把他们改造好，让他们变成新人，变成朋友。这对我们国家、民族会有长远的意义。我完全有信心，希望你们也能有信心把他们改造好。"

周恩来又从《共产党宣言》最后那句话讲起，对二人吩咐："共产党人以解放全人类为己任，自然包括这些战犯。我们的统战政策是在总结历史经验教训的基础上提出的，有利于民族和人民，具有深远的历史意义。旧中国的西太后、袁世凯以及蒋介石都不能容人，因为他们都是封建统治者，他们只代表少数人的利益，所以不会'大公无私'……"

罗瑞卿听了总理的指示，点头同意，他对周总理说道："总理，我保证完成任务！"

周总理又指示说："另外，毛主席考虑得很周密，决定这件事先不对外公开，以防止我们在与苏方移交时发生意外。"

罗瑞卿郑重地回答："放心吧，我们一定照毛主席的指示办事！"

选址与维修抚顺管理所

1950 年 4 月，根据党中央指示，罗瑞卿将押解和看押日本战犯的任务交给了东北军区。

东北军区公安部部长汪金祥接到命令后，将组建战犯管理所的任务交给了公安部政保处执行科长董玉峰。

汪金祥要求董玉峰首先确定关押战犯的地方。他说，要找个既不繁华、关押条件又较好的监狱当做战犯管理所。

董玉峰接到任务，立即组织有关同志四处察看选择，他们到沈阳以及周围市县的监狱、看守所考察后，决定启用抚顺县城西关的抚顺监狱作为战犯管理所。

这座监狱位于新抚区宁远街，占地面积 4 万多平方米，东临县城几百米，距抚顺市区不到 1 千米；南面距村庄也约 2 千米。原来是日本帝国主义强占东北后，为了监禁日本犯人和朝鲜犯人于 1936 年建立的，原为 "辽东第三监狱"。

监狱设施比较好，监房多为平房，共有 7 栋，面积为 4700 平方米，可收容 1500 名犯人。后来，日本鬼子扫荡抚松、通化、辑安等地抗日联军，把抗日联军战士关押在这所监狱，从此抚顺监狱变为收容政治犯的监狱。

在这所监狱里，不知有多少抗日联军战士和爱国志士被严刑拷打致残甚至被杀，这里是一个地地道道的死亡之地。日本看守常常把那些被拷打折磨至死的政治犯埋在监狱内。解放后，当地人在整修监狱内花园时屡屡发现白骨。监狱内还有各种刑具、水牢和刑房等。

抗战胜利后，占领抚顺的国民党军，把监狱一半当做政治犯监狱，另一半充做马棚。1948年10月，解放军攻克抚顺后，这里成为东北行政委员会司法部直属监狱。监狱驻地除有几十户居民外，没有其他机关学校。

董玉峰和几个同志经过商议，向汪金祥递交了战犯管理所的选择报告。汪金祥再通过罗瑞卿之手将报告一直递交到周总理的手里。

周总理对此事非常慎重，他亲自前往主席的办公室，和毛泽东一起商讨报告的结果。

几天后，中央领导人的批复终于下来了，他们指示：必须对监狱进行突击维修。

董玉峰接到命令后，立即组织相关人员采取行动。他们首先在监狱围墙四周建起了4个岗楼，又很快将院子里的垃圾清理干净，并在院内栽上了一些花草树木。

董玉峰还吩咐人给监房安上了暖气，扩大了监狱的窗口，建立了监狱内的图书馆、礼堂、文化室、医院和浴池等娱乐生活机构，并把食堂设施重新装修了一次，使那里看上去非常清爽、干净。

虽然新中国财政紧张，但在改善监狱设施方面却花费了不少资金。维修后的战犯监狱，不仅便于警戒，能够保证安全，而且环境也非常幽静。

组建战犯接收工作团

战犯们的管理监狱准备妥当后，汪金祥又开始挑选管理所的领导班子成员和监狱监管人员。

经过认真研究后，汪金祥决定调两个被称为"三八式"的抗战老政法干部为管理所所长和副所长，他们就是抚顺市公安局副局长孙明斋和东北司法部处长曲初。

汪金祥还从东北公安部、司法部、卫生部调配了监管科、教育科、总务科、卫生所等科级干部，调来东北公安部看守所所长、老红军詹华忠任监狱看守长。

此外，管理所还专门调来金源同志任日文翻译。

至此，接收战犯的一切准备工作大体就绪。

7月初，汪金祥又开始组建战犯接收工作团。经过挑选，确定调来操一口流利俄语的东北人民政府外事处长陆曦任团长，政治保卫处科长董玉峰任副团长，另配备数名公安干部、翻译及负责押送战犯的公安部第十八师第五十三团的部分同志。

战犯接收工作团组建完成后，汪金祥亲自向工作团的领导陆曦和董玉峰传达了周恩来总理关于接收日本战犯的指示：

要尊重他们的人格，按党的政策处理一切

可能发生的事情，在接收过程中保证"一个不跑，一个不死"。

为了能顺利地完成这次接收工作，汪金祥还给陆、董二人做了工作分工，要求由陆曦同志专门负责与苏军代表的交接，董玉峰科长则专门负责一切事情的监管。

两人接受任务后，首先派人到东北铁路局预订好运输战犯的专列火车，又尽快地通知哈尔滨市公安局预订好几千斤大面包和几百斤香肠。

这些事做完后，董玉峰和陆曦召集参加执行此次任务的公安、公安军干部开会，一起研究讨论有关事宜。

在会上，董玉峰向干部们指出总理的特别指示，要求在押解中做到"一个不跑，一个不死"。

同志们听了这个特别指示后，都感到压力很大，因为要在押解中做到"一个不跑"是没有什么问题的，但又要同时做到"一个不死"却很困难。这是因为，日本人长期受军国主义教育，讲"武士道"精神，效忠天皇，他们一旦知道是被押运到中国就极有可能会选择自杀。而且，这些双手沾满中国人民鲜血的战争罪犯，在中国的土地上横行14年，犯下了滔天大罪。此事一旦泄露出去，被当地的老百姓发现，老百姓们肯定会守候在押解的路上，冲上来和这些战犯拼命。

几位主要干部认真地分析了押解的形势，对押解工作进行了细致的研究，制定了严密的执勤方案。为了防止战犯途中被发现，公安部五十三团团长徐其富建议将押解列车上的每个窗户拉下来插死，并用报纸糊上，防止战犯跳窗；规定战犯去厕所不准关门，由看守抓好把头；每个车厢有 1 名徒手的看守员值班，观察战犯动态；为方便哨兵处理情况，又将车门上的锁全部取掉，并从车头到车尾都架上电话，以便处理意外情况；为严格保密，这次任务的具体情况暂不向部队传达。

一切事情商议好后，为加强领导管理，徐其富团长要求亲自带队参加这次任务。

徐其富本来是不属于接收工作团的，经过他的诚恳申请，董玉峰和陆曦同意了他的要求。

会后，考虑到此事的重要性，徐团长经过反复研究，最后选定战斗力强、素质高的五十三团三营十一连的同志们担任这次押解任务。为确保万无一失，徐其富又从十连抽调出了几十名政治觉悟高、组织纪律性强的老战士配合十一连执行任务。

参加执行这次任务的干部、战士共 230 人，部队出发之前，徐其富给他们作了简单的动员，他说："我们这次是到我国北方执行一次特殊任务，什么任务呢？由于特殊原因现在还不能告诉大家，但有一点可以告诉大家，这个任务很光荣，责任很重大，大家不要打听、不要猜疑，一切行动要听从我的指挥。"

公安部队以前执行任务，也有事先不告诉大家的时候，所以对徐其富的讲话，大家并没有放在心上。

7月16日晚，战犯接收工作团的同志们乘火车离开沈阳，列车一直向北开。途中列车除了加水几乎没有停过。列车大约快到长春时，徐其富把排以上干部叫到一个车厢里，向他们传达了这次千里押解日本战犯的特殊任务。他说："我和大家一样，对日本战犯恨之入骨，恨不得现在就杀了他们，但现在我们要以国家利益为重，上面要求我们这次押解要做到一个不能跑、一个不能死。我们是军人，军人以服从命令为天职，干部和共产党员要以身作则，模范遵守纪律，圆满完成任务。"

经过长途行驶，列车到达了黑龙江北部绥芬河车站，这也是此次列车的终点站。下车后，押解部队住进了车站上几间简陋的小平房里。

一切安排好后，徐其富主持召开了全体公安战士会议。在会上，徐其富向战士们传达了这次任务的真实情况，并讲明了这次押解的意义。要求在此期间不准外出，不准同外人接触，执行任务过程中不得借机发泄个人对战犯的私愤。

徐其富最后说："为了祖国的尊严，为了部队的荣誉，一定要顾全大局、服从命令、听从指挥，完成好上级交给的特殊而艰巨的任务。"

为了使大家的思想统一到中央的精神上来，徐其富在传达完工作之后，又吩咐战士们以班为单位进行座谈讨论。有的战士家里亲人被日军杀害，在学习讨论中控制不住愤恨的心情，悲愤地哭了。但讨论会后，大家都表示以国家利益为重，决心把这次任务完成好。

安顿好战士们，董玉峰和陆曦又一同拜会了绥芬河县委的领导，提请他们一是要绝对保密；二是要维护好车站周围的治安；三是请他们帮助找个饭店，订一桌比较丰盛的宴会用餐。

一切准备就绪，同志们耐心地等待着从苏方运来战犯的列车。

边境接收与千里押运

7月19日下午，一列苏联宽轨火车，通过苏中边界的乌苏里斯克地区，驶入中国边境，停在了绥芬河车站上。绥芬河段在中东铁路干线上。

中东铁路干线由满洲里车站起始东行，经海拉尔、牙克石、龙江、齐齐哈尔、安达、肇东、哈尔滨、阿城、海林、牡丹江，一直到达东端中苏边境的终点站。它在中国境内横贯内蒙古、黑龙江，长达1500千米。

由绥芬河这一境内始发站返程西行，一路经牡丹江、哈尔滨，然后转线向南，经扶余、德惠、长春、公主岭、四平、昌图、铁岭、沈阳，一直到达大连，长2000多千米。此番押运，可谓路途漫长。

苏军列车到达绥芬河的当晚，战犯书面交接仪式在绥芬河举行。一边是苏军代表科雷阔夫少校，一边是中方代表陆曦和董玉峰。

在交接仪式上，科雷阔夫少校对中方代表说："这些战犯，都是极端反动、顽固不化的坏蛋，是不可教化的一群恶棍，他们只配被杀掉！"

陆曦用俄语回答说："此事已经由我国的周恩来总理亲自担任总指挥，他必定会把这件事处理妥当的。"

双方代表各自在中俄两种文字写成的移交书上签了

字。两国工作人员，同时交接了战犯名单，以及长达5112页的个人档案。

在中方举行的答谢招待晚会上，双方代表为中苏两国领导人干杯，苏军官兵载歌载舞，洋溢着兄弟般的友好气氛。

第二天早上，战犯面对面移交程序在绥芬河车站举行。

站台上，除了公安局的外围警戒外，交接团同志们又在车站两旁沿线布好岗哨，一方面防止战犯逃跑，另一方面是防止老百姓对罪恶多端的战犯进行冲击报复。

18时左右，几名苏军士兵陪同苏军少校指挥官走下首车，各车厢哨兵一一下车向首车方向集中。

早已等候在此的战犯接收工作团领导陆曦等人向苏军方面靠近。双方互致问候、拥抱，简短磋商了约20分钟。

一位佩戴少校肩章的苏联军官，提高嗓音，面向中方人员，对陆曦等同志说："这些家伙过去对中国犯下了不可饶恕的战争罪行，我们的文件上已写得非常清楚，他们在中国犯下的滔天罪行，是无法宽容的，我们今天正式地把他们移交到中国新政权的手中。"

陆曦用流利的俄语回答："好的，少校先生，我们现在就开始吧！"

少校微笑着点了点头，向身后的副手会意了一下。

副手走到囚车中央，用俄语向哨兵们发令：

"开门!"

"是!"哨兵们立刻敞开了铁门。

战犯一个接一个走下车来,战战兢兢地排队站在一边。他们面容憔悴,满脸胡须,浑身肮脏。下车后,他们东张西望,发出惊异的目光。

执勤哨兵威严地端着上好刺刀的枪,站在列车的周围。苏军一名校官拿着一本名册,用日语大声地喊道:

"武部六藏?"

"是!"

"古海忠之?"

"是!"

被呼点到的战犯,一个接一个应声向前走几步站好。

临来时,中央为接收团下达的任务是接收 971 名日本战犯,可接收时却少了 2 人。

苏方代表科富托夫中校向陆曦解释说:"按原来名单少了 2 人,其中病亡 1 人、病危 1 人,只能移交 969 人,其中将校级军官 241 人,另有 969 份审讯材料。"

中方接收人员接过苏方移交的名册,再次对战犯进行呼点,由抚顺战犯管理所工作人员前面带领,从我哨兵组成的两道人墙中间通过,按顺序上车。

交接工作非常顺利,大约两个多小时就全部完成了。

上车后,执勤部队立即在每节车厢与车厢连接处设半个班的兵力进行看押,并通过翻译,向战犯宣布了注意事项:

"在车内不允许随便走动。"

"不准打开车窗向外张望。"

"上厕所要经管教干部带领。"

"谁有事情举手报告。"

这些战士没有携带武器，表情也没有任何恶意。

战犯们从闷罐车转乘干净的客车，脸上也流露出满意的表情。

一切准备工作就绪，各车厢的执勤哨兵各就各位，机动分队按照预案分别坐在头尾两节车厢里，随时准备调用。

7月20日9时，押运日本战犯的专列由绥芬河火车站正式启动，驶离绥芬河车站。

待战犯们坐在指定座席后，穿着白大褂的医生挨个座席询问有无病号。战犯们谁也不开口，都默默地坐着。

但医生们很快就发现了一些患病的战犯，并给他们打针吃药进行简单治疗。

中午，工作团的负责同志给每个战犯发了1斤面包、2个咸鸭蛋等食品作为午餐，战犯们很快就吃了个精光。

日文翻译金源同志看他们狼吞虎咽的样子，便随口问道："你们一定很饿了吧？"

一名战犯毫不犹豫地回答："这是我5年来第一次吃这样好的饭菜。"

原来日本战犯在苏联被收容的5年间，在建筑工地、伐木场和煤矿每天都要干 10 多个小时的重体力劳动，吃的是每天 1 斤黑面包和盐水汤。他们为了充饥，吃野菜，甚至吃老鼠和蛇。

工作团为战犯们准备的晚餐是每人一大碗大米饭以及炒猪肉和炒鸡蛋等菜食，再外加一碗汤。

送饭菜的工作同志对战犯们说："不够吃还可以再要!"于是，又有一多半的战犯先后多要了饭菜。

今天给他们吃大米饭和炒猪肉，他们便发疯似的吞咽着。

夜幕降临后，战犯们一个个疲惫得东倒西歪，年老体弱的战犯经看守员准许躺在座位底下睡着了。不一会儿，就发出了声响不同的鼾声。战犯睡觉了，但执勤哨兵却一点也不能懈怠，他们警惕地注视着战犯的一举一动。

为了避免在车站上同其他客车相会，尽量减少外界的影响，列车走走停停，直到 21 日凌晨 3 时才到达押解战犯的目的地，即抚顺车站。

时值深夜，抚顺车站车少人稀，但整个车站却戒备森严，制高点上架设了机枪，铁轨旁岗哨林立。列车停稳后，战犯们拿着自己的行李由看守人员带领下车。

从抚顺车站到战犯管理所距离 1.5 千米。将官以上战犯和患病战犯乘坐汽车，其他战犯则徒步经过一条两旁都布了哨兵的街道。

来到战犯管理所，押解人员引领战犯们跨进管理所大门，迈上跃层台阶，通过长长的水泥地面走廊，然后，等候在两侧并排的一个个大大小小的监房门前。

又一次点名开始了，969个人一一答应，对号入室。他们分别走进各自监舍。

狱内共有7栋监房，其中第五、六栋监禁校级以上战犯；第七栋是患病的战犯，第三、四栋是其他战犯。第一、二栋留给即将引渡的伪满洲国战犯。管理所规定：校官以上战犯6人一间，尉官12人一间。

在这期间，战犯们虽然表面上摆出一副"瘦驴不倒架"的气势，趾高气扬地走进战犯管理所的大门，用充满着血丝的眼睛仇视着管教人员。但在他们的内心，却时刻充满着恐惧。他们中的许多人都背负着"曾经杀害中国人"的罪行，现在却落在了"复仇人"的手里，怎能不让他们感到害怕呢？

就这样战犯们带着这样的恐惧心理，住进了管理所。

三、 改造纪事

● 藤田茂气势汹汹地说"我不和你谈。你们践踏国际法，战后你们就应该遣送战俘。"

● 詹华忠把手枪使劲往桌上一搁，硬声硬气地说："我请求调离！"

● "哑巴"突然大哭了起来，他说："先生，我受到良心谴责，我对不起我的母亲呀！"

平息"战犯"告示风波

1950 年 7 月 21 日，日本战犯到达管理所的当天早上，一个战犯大声地在监狱里喊叫："你们看，我们现在是以什么身份在这里！"

其他战犯顺着他的手势看了过去，原来，在他们居住的监狱墙壁上，工作人员为了方便管理，在上面张贴了一些关于"战犯须知"的告示，而这战犯手指的"监房规定"落款处，清晰地写着"抚顺战犯管理所"。

直到此时，战犯们才明白，自己是以战犯的身份被引渡到中国来的。

"战犯"是多么令人恐怖的字眼！"战犯管理所"的牌子，刺痛着战犯们的视觉。《战犯管理条例》也让他们了解了"管理所"不同于苏联羁押的功能。

"战犯"是审判问题，"战俘"是遣返问题，前者有可能上断头台，后者才有生还的希望。一字之差，生死之别，令他们心生恐惧。

这些人在苏联时就希望不被定为战犯。在苏联 5 年的劳役过程中，他们也的确没有被定为战犯，但到了中国却成为战犯，他们全部瘫坐在了地上。

有个战犯站起来撕掉了墙上的"监房规定"。但又有另外的人担心事情闹大，便又用米粒重新把它粘在墙上。

不久，战犯们为"战犯"事件大闹特闹。

他们在管理所仍暗中勾通，为了逃避各自的罪责，一致提出他们不是"战犯"，是"战俘"。有的口头反映，有的书面报告，甚至搞抗议、绝食，和管理所的同志们搞合法斗争。他们甚至狂言道："我们到中国来是搞日、满共存共荣，是帮助你们反对其他列强""我们战败是犯了扩大战线的错误，日本是个强国，有朝一日还会东山再起""大和民族自古就是优秀民族，你们不能随意处理我们""国际法规定战俘是遣送回国的，你们违反国际法"等等。

后来，犯人们又推出了他们的代表藤田茂，要他与管理所所长进行谈判。

在所长办公室，藤田茂对孙所长说："我要见毛泽东，你们给转达一下。"

孙所长说："你有话和我讲好了。"

藤田茂气势汹汹地说："我不和你谈。你们践踏国际法，战后你们就应该遣送战俘。"

面对战犯的嚣张气焰，孙所长理直气壮地说："这里没有战俘，只有沾满中国人民鲜血的战犯！"孙所长指着藤田茂说，"你不要忘了，你就是战争罪犯的主谋之一！"孙所长提高了声音说："中国政府是代表受你们残酷迫害的人民大众的政府，惩办战犯是我们的权利！"严厉地回击了不可一世的藤田茂。

针对战犯和战俘的问题，所长和同志们进行了认真的研究，大家一致认为这是一场尖锐的政治斗争，一方面要让犯人们认识到自己是"战犯"的事实，更重要的是大家必须从法律上去说服犯人。

为此，孙所长亲自组织全体战犯召开了战犯大会，并让管理所的李团长亲自给战犯们讲《国际法》。

在会上，李团长首先讲什么是"战犯"，他说："战犯就是战争中犯罪，即违犯公认的战争法则与惯例的战争行为。战争犯罪包括'战争罪''破坏和平罪''违犯人道罪'。凡是犯了上述3种罪，不管是指挥官还是士兵都是战争犯罪分子，简称'战犯'。"

讲到这儿，台下发出"嗡嗡"声。犯人们认同与否，表现心声各异，这些话，真正触到了他们的痛处。

李团长继续讲："关于'战争犯罪'从来没有人给它下个不变的定义。但在第二次世界大战后期上述3种犯罪被《国际法》认定。《国际法》中明确表示：'破坏和平罪'包括计划、预备、发动侵略战争或违犯国际条约、协定的战争或参与任何上述战争为目的共同计划和阴谋等。'战争罪'亦称'违反常规战争罪'，包括违犯各种战争法规、惯例，如杀害、虐待、驱逐被占领国的和平居民；虐待、杀害战俘；杀害人质，掠夺公、私财产，肆意摧毁都市、城镇、农村以及进行非军事需要所不允许的破坏。'违犯人道罪'包括在战争前或战争中，对任何民族的和平居民进行杀害、灭绝、奴役、放逐等及其他无人道行为。还包括与战争罪行有关而以政治、种族、宗教上的理由进行迫害。"

李团长又讲了战犯在哪国领土上犯罪，就应该由哪国按照本国法律审判处理。他列举了第二次世界大战的1943 年 11 月 1 日《莫斯科宣言》及 1945 年 7 月 26 日《波茨坦公告》，美国、英国、苏联共同发表声明等事实。他说："'宣言'和'公告'提出法西斯德国对沦陷区人民进行屠杀、灭绝等暴行就是犯下了'战争罪'，参与者包括行政官吏、士兵、纳粹成员都要送回罪犯所在国家，按照其国家的法律进行审判惩处。"

李团长说到这里，台下的战犯们又"嗡嗡"起来，他们认为这些法律只是适用于德国，不适用于日本。

接着，李团长又将在 1946 年 1 月 19 日中、英、美、苏、荷、澳、加、新、印、菲等国家通过的《远东国际军事法庭宪章》中的规定，逐条念给战犯们听。

听到这个《国际宪章》是日本天皇亲自批准的，战犯们也不得不承认自己是"战犯"的事实。

李团长讲了国际法条文之后，又讲了第二次世界大战后联合国国际法委员会，于 1950 年编撰的《国际军事法庭宪章》和审判中所包括的原则。他重点讲了以下 7 条，让犯人们一定注意：

第一条，违犯国际法犯了罪的人，应承当个人责任，并接受惩罚；

第二条，不违犯所在国的国内法律，不能

作为免除国际法责任的理由；

第三条，被告人的官职、地位不能作为免除国际法责任的理由；

第四条，政府或上级的命令不能作为免除国际法责任的理由；

第五条，违犯国际法罪行，包括危害、破坏和平罪，战争罪，违犯人道罪；

第六条，被控诉有违犯国际法罪行的人，有权得到公平审判；

第七条，参与上述罪行的共谋者也是犯有违犯国际法的罪行。

李团长的报告尚未结束，犯人们听到这 7 条后，便发出哀叹。有些人说："完啦！我们真是要死在中国了！"

李团长的报告最后部分，讲了中国的法律、政策。指明"坦白从宽，抗拒从严，立功受奖"。要求犯人们老老实实认罪，加强自我改造，改变人生观成为新人，并诚恳地告诉他们，这才是他们最好的出路。

《国际法》会议的召开，对战犯的震动很大，此后，战犯们的闹事事件得到了一定控制。

调节工作人员的情绪

"战犯"告示事件平息后，管理工作人员对战犯也产生了一些不满情绪。

一天早上，原日军特务科长岛村三郎扶着走廊的铁栏杆唱道："看哪，南海连接着自由的天空……"

看守长詹华忠走过来说："大清早你这是干什么？大家现在正在学习。"

岛村三郎粗声粗气地顶撞道："今天是星期日，为什么不能唱歌？"

詹华忠驳斥道："你这样会妨碍大家学习！你为什么不学习？"

接着你一句我一句地吵了起来，各监房的战犯们从门洞里伸出了脑袋。

"你这个蠢货！"岛村三郎骂了一句，便跑到监房角上厕所里解开裤子蹲了下来，口里还在不住地叫嚷："人家蹲厕所，你跟着叫唤什么？这就是共产党的礼节吗？"

詹华忠气得脸色发紫，他一把从匣子里拔出手枪，又跺脚将枪插了回去。

詹华忠气冲冲地撞进孙明斋的办公室，把手枪使劲往桌上一搁，硬声硬气地说："我请求调离！这帮狗娘养的，杀了我们那么多人，现在还不老实，还不准揍他，老子手里的枪干什么用!"

　　孙明斋递给这位经历过二万五千里长征的老同志一支烟,他能体会到詹华忠的心情,这是一种普遍的情绪,从战犯们被送进管理所的那天起,工作人员就为此提过许多不满的意见。

　　在这个时期,中国的生活水平本身就非常差,一般的中国人能吃到粗粮就已经很不错了,从一开始,管理所就给战犯们粗粮细粮搭配着吃。不过,战犯们并不满意,他们先是拒绝吃粗粮,然后发展到绝食。后来,周总理亲自下了指示,要求给战犯一律吃细粮。于是,战犯们便享受着中灶待遇,主食是以大米为主,副食每天都有肉和菜。

　　对于战犯们得到的这些优厚待遇,大部分干部、战士很不理解,也想不通。他们当中,有的是父母亲人被日本人杀害,有的是被日本人的"三光政策"烧了房子,有的是自己亲身受到日本鬼子的毒打。

　　特别是犯人们闹监的时候,管教干部们议论纷纷,主张尽快杀了他们算了。

　　医务人员认为自己是在"给恶狼治伤",炊事员说"整天给仇敌做饭,难道我比他们的罪还大?"米不淘净,菜不洗干净,做好了用脚往监房门口一推,说"槽里有草饿不死驴,爱吃不吃",理发工人理起头来3分钟一个,并愤愤地说"瞧你那模样,神气个屁!"

　　针对同志们的抵触情绪,孙明斋所长和其他领导单独找到这些人一个一个谈心，对他们进行思想教育，给他们说明党的政策，以及改造战犯的政治意义。

孙所长告诉同志们，战争犯罪不仅是某个人的原因，还有它的历史社会原因。接着，孙所长又组织了多次工作人员调节情绪的会议。在会上，孙明斋首先组织大家学习毛主席关于《论人民民主专政》中的论述：

放下武器投降的绝大部分敌人是可以改造的。

孙明斋说："野兽不可能驯服人，而人却能驯服野兽。既然是这样，就有理由肯定'我们共产党人有足够的力量把这些恶人改造成新人'。"

孙明斋还向同志们传达了周总理和东北公安部领导同志的指示，他说："周总理说了，过 20 年后再回过头来看我们做的工作，就会更清楚地看到其中的意义和价值。我相信总理比我们站得高，看得远。所以，今天我们要克制住自己的感情，甚至是牺牲一些自己的感情。这样做就如同跟日本鬼子拼刺刀，谁如果怕小鬼子，谁可以打报告调工作。"

经过孙明斋和其他领导的 共同努力，持不满情绪的同志逐渐冷静下来，他们逐渐转变了自己某些思想，树立了改造战犯的自信心，使改造战犯工作能够顺利进行。

平息战犯的躁动行为

1950 年 9 月，战犯管理所对战犯的管理稍事平静之后，战犯中又有几次闹监现象的发生。

这是因为，在战犯们来到管理所后不久，美国发动了侵朝战争，且战火烧到了中国的鸭绿江上。

消息传出后，战犯们的思想开始活跃起来，他们破坏监规，抗拒改造，幻想美军尽快打进中国境内，把他们从管理所营救出去。每天报纸一来，犯人们便争先恐后地阅读有关朝鲜战场的消息，然后凑到一起，眉飞色舞地分析形势的发展，用不流利的中国话，挑衅地对看押哨兵说："过去日本都被美国打败了，现在朝鲜顶不住，你们中国也不行。"

为防止意外情况发生，看押部队和管理所对战犯采取了相应措施。增加了固定哨，加强了流动哨，围墙电网昼夜放电，以防外面劫狱。管理所利用广播加强宣传，对战犯进行形势教育。

当日本战犯听到"美帝国主义是一只纸老虎"，"朝鲜人民必胜，美帝国主义必败"的广播时，有的战犯用棉花团堵上耳朵拒听，有的讥笑说是"胡说八道"，是"欺人之谈"。

有一次，部队同管理所组织防空演习，事先没有告诉战犯，他们真的以为美国飞机来了，又惊又喜。惊的是怕在这紧急关头我们实施民族报复手段，喜的是美国空军来搭救他们，马上就可以获得自由了。后来一看不是那么一回事，一个个又都垂头丧气不吭声了。

根据朝鲜战场形势的发展变化，在我国志愿军出国参战的前夕，周总理向战犯管理所领导下令，要求管理所的领导们带着战犯北迁。

这年10月，管理所领导根据周总理的命令，决定将战犯分成两批，分别在这个月的18日和19日两天，转移到黑龙江省哈尔滨市地区的监狱中。

为了避免战犯对这事产生误解，工作人员在对犯人进行转移前，先由所里通过广播，告诉战犯这次北迁的真正目的是为了保证他们的人身安全，等形势好转后再重新将他们送回。

战犯听了广播内容后，公开向管理人员要求无条件地释放他们，不然将来会去联合国控告。他们甚至怀疑此次北迁是假，而秘密地将他们处决才是这次行动的真正目的。

为了消除战犯们的种种顾虑，工作人员在这次转移押解中，没有像上次一样戒备森严，工作人员一路上也不动声色，就像平常坐车旅行一样放松、自然。

但越是这样，战犯们便越是心生狐疑，他们在一路上不停地观察动向，直到发现一切正常，没有什么异常后，才逐渐放下心来。

战犯们到达哈尔滨后，工作人员又将校级战犯关押在道里监狱，尉以下的战犯大部分关押在呼兰县监狱。

10月25日，我国政府庄严宣告"抗美援朝，保家卫国"，中国人民志愿军将跨过鸭绿江参战。战犯一听到这个消息，兴奋地说这下好了，美国进攻中国找到借口了，第三次世界大战就要爆发了。

他们认为新中国刚成立不久，与同美英为首的联合国军较量，就好比"鸡蛋碰石头，自取灭亡"。他们认为时机已到，在狱中大闹特闹，呼反动口号，唱反动歌曲，遥拜天皇，绘制日本国旗，联合签名递抗议书，对我哨兵高声叫骂，有时用拳头砸铁窗，歇斯底里地喊叫。他们还利用放风的机会，互相传递纸条，密谋勾结监外日侨越狱暴动，妄图在美国攻占东北时来个里应外合。

战犯闹监的事件很快传到了汪金祥处长的耳边。为了达到对战犯们改造的真正目的，汪处长决定抓住在这次闹监事件中表现最严重的煽动分子鹿毛繁太进行处理。他首先叫管教科把鹿毛繁太的档案材料送来，仔细地阅读了几遍，然后才叫看守员把鹿毛繁太押到办公室。

两名警卫战士，提着手枪，出现在鹿毛繁太跟前，将他带到了办公室。

进门后，汪金祥直对着鹿毛繁太，厉色不语，锐利的目光，狠狠地盯着他。

鹿毛繁太不敢正视处长，看了几眼，便垂下头来。

这时，汪处长开始问话："你叫鹿毛繁太？"

"是。"

"你在监所中的表现是什么行为？"

鹿毛繁太不肯回答问题，只是一味地狡辩说："我是来帮助'满洲国'维持治安的。"

"维持治安？"汪金祥反问，"中国人民什么时候请你来维持治安？"

"我是奉天皇陛下的命令！"鹿毛繁太搬出天皇，觉得理由充分。

但他没有想到汪金祥驳斥得更有力："天皇是你们日本的，你们天皇为什么把手伸得那么长要管中国的事情？要知道，你们天皇的命令，使你们走上犯罪的道路，在我国土地上杀人放火，无恶不作。"

汪金祥猛击鹿毛繁太的要害："你在梅河县警察局担任过首席指导员是不是？在锦州警察局当过警务课课长是不是？"

"是"

"你在这些地区有哪些罪行？"

鹿毛繁太长时间不语，问了几次，还是不答。

"你做的坏事，犯下的罪行不说我们就不知道了？你是血债累累的刽子手，你杀了很多中国人！"汪金祥继续说。

鹿毛繁太惊愣了一下，抬头看了看处长。

"你在梅河县，把我们梅河县委组织部部长郭喜明杀害了，把我们抗日联军第五团副官侯德清杀害了，把和平居民韦景太等20多人杀害了，你还把抗日救国者50多人杀害了。在大青沟、石头河子地区杀光了当地百姓，烧光了房屋，抢光了农民的财物，实行'三光'政策，制造'无人区'。你犯下这么多的罪行，怎么这么快就忘记了呢？"

鹿毛繁太垂下头来，恭敬地听着。

"血债要用血来还，你杀了那么多人，绞死你一百回也抵偿不了你的罪恶。千刀万剐，也解不了中国老百姓的仇恨。你不信，把你送到梅河县、锦州地区交给老百姓，你在他们面前说说你不是战犯好不好？看看老百姓怎样对待你！"

鹿毛繁太一听，处长动真格的，就害怕了，身子不由得颤抖起来说："我相信，我有罪，我错了。"

处长看他认错了，就叫他回去认真检讨，写出认错书。同时，汪金祥决定趁热打铁，要鹿毛繁太在战犯大会上公开检讨。鹿毛繁太无可奈何，只得在大会上做了检讨，保证以后不再闹监。

战犯们一直将鹿毛繁太称为"大和魂的榜样"，未料这样的"榜样"最后也不得不在中国人民面前低下头来，所有战犯都受到极大的震动。

为了利用这个典型，管理所所长孙明斋乘势组织了战犯座谈讨论，要所有闹监的战犯做出检讨，保证接受管理改造。

这时我国在朝鲜战场上已经取得胜利，随即向日本战犯宣传我军强大的反攻，迫使美军不得不步步南撤的战争局面，彻底打掉了犯人们的种种幻想。

同时，工作人员又一一对其开展政治攻势，鼓励他们学习表现好的，批判表现坏的，使战犯们的组织逐渐分化。许多战犯写了检讨，一些尉级战犯，也主动反映情况，揭露一些将校级战犯的所作所为，孤立了极端顽固分子。

从此以后，工作人员掌握了战犯们的思想动态，闹监现象也就随即平息下来。

组建战犯"学习小组"

1952 年春，根据朝鲜战场的形势，周恩来总理要求战犯管理所的同志将暂时关在哈尔滨地区的战犯重新押回到抚顺战犯管理所。

为了避免犯人们回到抚顺后再次闹监，管理所领导在押解前研究了教育改造的具体方案，制定了争取、分化、瓦解、孤立的斗争策略。

工作人员把 100 人的校官犯人分为两组。态度比较积极的 50 人为一组称"进步组"，态度比较顽固的为另一组称"顽固组"。

同志们将战犯重新分了监房，让"进步组"的战犯住在靠里面的 4 个监房，"顽固组"的战犯住在临门的 4 个监房。

战犯重新回到抚顺管理所后，"顽固组"的战犯天天聚在一起玩用纸做的麻将和围棋，一边闹哄哄地玩，一边借题发挥地发牢骚；"进步组"则每天都在认真学习、讨论。

"进步组"的战犯们自动地组织了学习小组，学习了《社会发展史》《日本资本主义发展史》《美帝国主义在日本的罪行》《日本人民的前途》《国际法》等理论书籍和历史资料，并大谈读后感。

通过学习，战犯们了解了通过海盗式的掠夺掌握权力的日本军国主义的形成过程和后来对外侵略的真相，重新认识了日本的历史和社会。

在过去，日本战犯们认为，天皇是神主，并盲目崇拜天皇，甚至甘愿为其献身。他们还认为，自己在国内受压迫和剥削是因为命不好。战犯们通过重新审视日本历史和个人经历，认识到压迫和被压迫、剥削与被剥削的社会根源，认识了战争的罪恶和历史的欠账，意识到自己盲目顺从的结果，只不过成为一小撮军国主义分子屠杀世界各国人民的炮灰。

参加学习小组的日本战犯们，通过学习了解到被"武士道"宣传歪曲的历史和许多前所未知的事实，他们开始冷静地回顾自己走过的历程。

针对战犯们的变化，管理所的工作人员又给学习小组的成员们提出了下面几个思考问题：

一、是谁把你们推上战争犯罪道路的？

二、应当如何看待发动战争的天皇？你们是怎样充当了天皇枷锁下的牺牲品的？

三、怎样才能结束监禁生活，走一条新生之路？

经过学习讨论，许多战犯思想斗争变得尖锐起来，在思想教育和政策感召下，很快掀起了坦白认罪和检举揭发的热潮。

日军一名大尉中队长，罪行严重，交代却比较彻底。他坦白交代说："过去我崇拜天皇，当了日本军国主义的忠实走狗，他们把我驱赶到侵略中国的战场，我却认为是优等民族指导劣等民族的正义之举，甚至把杀人放火当做忠君爱国的英雄作为。可我那以卖鱼为生的父亲，当过纺织工人的母亲，希望我犯下这样的罪恶吗？不是！是我的上级！是日本军国主义！我要控诉！"

通过这次学习和揭发控诉，不少的战犯开始醒悟，认为美帝国主义进驻日本，也是同样在践踏日本人民，所谓侵略中国是"民族生存论"，完全是欺骗日本人民。

那些没有参加学习的"顽固组"战犯，仍然不肯低头认罪。他们说："杀人放火都是下级军官干的。"

这些话激怒了尉级战犯，他们纷纷起来揭发。

日军少将旅团长长岛勤的部下，起来指着长岛勤说："哪一条罪行，不是你们发令犯下的，难道所有的罪行都是我们部下的？没有你们校官、将官的份吗？！"问得长岛勤哑口无言。

经过几次较量和瓦解，"顽固组"的战犯也开始分崩离析。从此开始，他们为了争取宽大处理，都纷纷坦白交代。

学习小组的坦白行动一共持续了 3 个月，战犯们在坦白过程中反复了许多次，内心进行着痛苦的斗争。

管教们为了早日转变战犯们的思想，也熬了许多个不眠之夜。

　　学习小组一个阶段的活动结束后，工作人员进行了总结。孙明斋所长肯定了学习小组的经验，并决定在管理所全面推广，将所有日本战犯按军衔等级编排学习小组。参加首批学习小组的几十名战犯被分在各个小组，并成为"义务宣传员"。

　　这些首先参加学习的犯人们向其他战犯宣传中国政府的宽大政策，起到了很好的带头作用，而且在某种程度上，他们所起的作用比管教人员的作用还大。

　　日本战犯的学习和坦白共进行了 2 年，期间绝大多数战犯坦白了自己的罪行。

为战犯通信提供条件

1954 年 11 月，中国红十字会以李德全为团长的访日代表团，受中国政府委托，在日本公布了在中国的日本战犯的名单，并宣告战犯有通信自由。

1955 年 2 月 10 日，第一批 165 封家书，通过红十字会，转经绿色信使，送达抚顺战犯管理所。

1 个月后的 3 月 26 日，第二批 1042 封家信，随同 1000 多个邮包，送到了战犯手里。

这些带着体温的邮件，是战犯的亲友们从日本国内寄发出来的信息，是日本战败 10 年后开始交接的最珍贵的物件。

为战犯们开通通信自由的事情，缘于一位看守工作人员。

有一天，这位工作人员同最先进步的兵士石渡毅谈话时，问道："你有妻子吗？"

"有未婚妻。"

"你给她去过信吗？"

"我还可以与家里通信吗？"

"当然，这样吧，你就在这儿写吧，我负责给你投寄。"工作人员顺手递上纸和笔。

"太感谢您了！"石渡毅激动得手足无措，连钢笔都掉在地上。"先生，我的未婚妻等了我整整15个年头了，也不知道她还在不在人世……"

不久，石渡毅收到了母亲和未婚妻的回信。

"她老人家还活在人世，"这是石渡毅没有想到的，他早就断了念头的母亲还活着。妈妈的信告诉他："不见你一眼，我是不会死的……"

石渡毅的未婚妻已经37岁，整整等了他15个年头。她在邮政局上班，独居在东京杉井区一间自建小房子里，只等着他早日归来。

石渡毅深情抚摸着邮包里那件恋人编织的毛衣，痴情地端详着她与母亲的几张照片，品尝着甜蜜的糖果，一种对亲人不尽的眷恋之情，交织着对中国人民的感激之情，一起涌上了他的心头……

爱是一盏灯，是照亮弃暗投明的灯。

妈妈的爱，让另一个"哑巴"罪犯也开始说话了。

在这900多名的日本战犯中，有一个不爱说话的战犯，当其他人接到家信无不喜形于色并感激涕零时，唯独他接到母亲的来信却迟迟不回信。他跟谁也不主动讲话，对管教员、看守员乃至医护、勤务人员更是不肯开口。可他并非失去了语言能力，耳朵也不聋，但凡听见问话，也至多只答3个字："不知道"。

大家都觉得，这是一个怪人。久而久之，战犯们都管他叫"哑巴"，于是他的真名也就闲置起来了。

"哑巴"的异常行为引起了一位看守人员的注意，这位看守人员纳闷地想：如果此人是反改造派吧，可他并没有参加多少实际的反动行为，但如果又说他是装傻而另有所谋吧，可他在某些时候又吐出几个字句。

鉴于这种情况，医生为犯人诊断后说出此人是犯了严重的心理疾病，是忧郁所致。

看守人员不懂看病，也不明白该怎样对其进行"治疗"，便以"母亲来信"为题对"哑巴"进行"治疗"。

"你给母亲回封信吧，让她知道你的情况，怎样？"看守工作人员对"哑巴"说。

"哑巴"不说话，神色很难过。

工作人员又沿着他的心路切入主题，动之以情，晓之以理，讲起了母亲的爱，母亲的忧，母亲希望他早日回家等话题。

听着工作人员的话，"哑巴"突然大哭了起来，他说："先生，我在中国犯下大罪，受到良心谴责，我对不起我的母亲。"

"你懂得对不起母亲，说明你的本性并不坏，我相信你以前所犯的错，仅仅只是服从长官的安排而已，所以，只要你好好改造，你的母亲一定会原谅你的！"工作人员鼓励他。

"哑巴"终于抽抽泣泣地交代了他的犯罪事实。

原来，他曾在一次"扫荡"中，强暴了产妇、摔死了婴儿、并刺杀了前来救援这对母子的农民。

工作人员听到"哑巴"的坦白后，安慰了他一番，又继续鼓励他给母亲写回信。

不久，"哑巴"将自己的犯罪经过以书信的形式告诉了自己的母亲，以求得亲人的原谅。

自从中国红十字会访日代表团宣布战犯家属可以通信以来，战犯的信件、邮包不断。战犯管理所的收发室工作人员忙坏了，天天到各监所把寄来的信分送给收信人，再把战犯给家里、亲友的寄信收上来，贴上邮票发出。尽管每天忙碌，但收发人员感到为他们与家人通信也是应尽的职责。

组织战犯参观、旅游

1956 年 1 月中旬，公安部第一局局长凌云同志在北京组织召开由北京、太原、济南、内蒙古、抚顺等 5 个战犯管理所所长、副所长参加的战犯管理会议。

在会上，凌云同志传达了中央关于组织战犯进行社会参观的决定和周恩来总理传达的毛泽东对战犯问题的指示。

毛泽东指出：

> 我们对战犯问题有个宽大的处理，准备一个不杀。现在先放他们到各处参观，不管是康泽、王耀武，或者是宣统皇帝，都让参加。前天晚上天安门放焰火，让战犯们都去看了。既然要教育他们，就要他们看看群众嘛，这样才会影响他们。完全关在屋子里，怎么能影响他们呢？这个办法，对于一些外国朋友来说，觉得很别致很奇怪了，但实行的结果是好的。日本战犯，也要他们参观。

对于战犯来说，接受社会参观教育是一种新的受教育的方式。周恩来总理在指示中谈及了战犯进行社会参观的内容、方法、路途安全等具体事项。

参加会议的同志一致认为，中央的决定是改造战犯工作的创举，打破了自古以来监狱与外界社会生活隔绝的惯例。特别是让那些不同寻常的战犯们走出牢门，到社会生活中与人民大众接触，这是古今中外绝无仅有的举措。

战犯管理所所长从北京回到抚顺后，立即向全体战犯宣布了中央关于让战犯进行社会参观的决定和周恩来总理的有关指示。

开始，战犯们半信半疑，他们把这次的参观看作是被释放的征兆，但也有少数人担心被荷枪实弹的士兵护送时走在街上遭到中国人民的谴责甚至人身攻击。

这些人对建国以来中国大地发生的巨大变化一无所知，他们还认为中国仍然是"东亚病夫"。

这时，正值中国实施第一个五年经济发展计划，报纸和广播每天都在报道经济建设方面的成就。但是，日本战犯们根本就不相信。他们认为：

"中国的经济、文化建设真的像报纸和广播宣传的那样快吗？"

"中国有工业吗？豆腐房很多，可工厂没有几座！"

日本战犯的这种偏见，只能通过直观的教育才能扭转过来。

同时，让他们亲自回到当年他们犯下罪行的地方，对他们的思想转变也会起到促进作用。

管理所领导同志为了成功地组织好这次活动，首先制订了详细的计划，将战犯编成几个参观大队。

为了方便出行，工作人员又为战犯们买了新的绒衣绒裤，上下里外全换了新装，战犯们高兴极了。

2月8日，犯人们在管理人员的带领下出发了。

他们参观的第一站是北京，需由沈阳乘坐列车。

战犯们在车上受到乘务员、列车长的热情服务，他们刚开始还有点拘谨，后来在乘务员热情的服务中，逐渐地恢复了常态，旅途也变得轻松愉快了。

到了北京，国棉二厂接待了这批特殊的客人。战犯们进入厂区，以新奇的目光打量着这里的一切。厂区中间道路非常宽阔，两侧林立着参天大树，厂区栽种着各种花草树木，环境整洁优美，像个公园，战犯们看得赞叹不已。

走进车间，一排排的织布机，布满了宽敞的车间，机前的年轻女工，身着洁白的工作服，有条不紊地操作生产。车间的门窗擦得透明铮亮，光线透过窗子照在不断流动的纱线上，像彩色瀑布从高处倾泻而下。通风机将室内的空气调节得清新适宜，生产劳动环境非常好。

战犯们原来以为中国的机械设备都是苏联的产品，所以在参观过程中特别注意设备上的标签，他们走过每个设备，都要看一眼标签，结果标签上注明的不是上海就是天津、郑州，全是中国生产的。中国的社会主义建设突飞猛进，在短期内生产出这么好的设备，实现了车间生产的自动化。生动的事实，使战犯们更加敬佩共产党，感到新中国的伟大。

战犯们从北京到了上海，又到了武汉，返回来参观了天津、哈尔滨、长春、鞍山，最后是沈阳。

在长春，战犯们参观了日军细菌武器工厂的残迹，又参观了在它的废墟上建起来的第一汽车制造厂。

战犯们站在组装汽车的流水线旁边，看到每8分钟就生产出1辆汽车，感到非常惊奇。

过去的中国，在路面上跑的车，不管是新的还是旧的，一律都是外国货，没有中国自己制造的汽车。就这么几年的工夫，中国就发生了这么大的变化，实在了不起，战犯们彻底改变了以前瞧不起中国的旧观念。

在鞍山，犯人们又参观了鞍钢的修复和生产的发展，每一个人都感叹不已。

原来，鞍钢是日本人建的，称为"昭和制钢所"。日本人把这所"制钢所"看作是东北工业的中轴。他们在即将战败时，炸毁了钢厂的大部分设备。他们认为，鞍钢要恢复生产，至少需要20年。但是，新中国成立后，鞍钢的工人阶级仅仅用了3年时间就恢复了生产，并把旧钢厂建设成为了一座现代化的新型大型钢铁企业。

战犯们最后又回到了沈阳，参观了沈阳重型机械厂、第一机床厂、风动工具厂。

战犯们迈进第一机床厂大门，眼前是高大的厂房，走进车间，一行行全是自动车床，过去皮带式的旧床不见了。犯人们再次发出感慨的议论。

在各地参观的过程中，战犯们亲身体验到千疮百孔的中国大地上发生的沧桑巨变，他们感叹着，对比着，思索着。旅游各地所见的事实改变了他们过去对中国和中国人的印象，使他们确立了新中国伟大、中国共产党伟大和中国人民伟大的意识。

通过参观的实际教育，战犯们学到很多东西，解决了不少难解的实际和思想上的问题。

总之，让战犯们走出监狱看中国，是一种实实在在的教育方法，实践证明，效果非常好，对战犯的触动非常大。

四、庭审准备

● 周总理对他们说："侦讯日本战犯的工作就
　 交付最高人民检察署负责搞吧！"

● 检察长谭政文诙谐地说："只要犯人开口说
　 话，我就有办法制服他。"

● 周恩来总理沉重地说："再重申一次，一个
　 人也不能杀！"

周恩来安排庭审工作

早在 1953 年 11 月，根据国际形势的变化，中央就开始考虑拟订处理在押日本战犯的方案。这天，周总理亲自召见了最高人民检察署副检察长高克林和办公厅主任李甫山等人。

在会谈中，总理对他们说："日本战败投降已有八年了。八年来，国际形势发生了很大变化。日本是我国的近邻，自战败投降后一直处于美国的管制下，虽然到现在中日尚无邦交，但两国一衣带水，将来建立往来是不可少的。最近，日本的一些民间团体，通过各种渠道探询侵华日军人员的下落。日本社会党国会议员提出了访问的要求。议员是上层人士，我们关押的战犯在日本国内与这些议员、上层人士有着广泛的社会关系，我们要对他们进行教育，争取使他们有可能成为中日两国人民友好的桥梁。我国对在押的日本战犯没有公布，外界还不知道。中央决定尽快对在押战犯进行侦讯。战犯们在侵华战争中对中国人民犯下的罪行，我们必须搞清楚，这样才能起诉、审判或从宽释放。现在我国已经建立了人民检察机关，侦讯日本战犯的工作就交付最高人民检察署负责搞吧！"

当时，最高人民检察署检察长是罗荣桓，他还同时担任着中国人民解放军总政治部主任，所以，最高人民检察署的日常工作由第一副检察长高克林主持。

针对检察署的实际情况，周总理向高克林检察长指出："这项工作需要投入大量的人力，现在检察机关刚刚建立，人员可能不足，你们可以向公安部请求给以协助。"

接受周总理交付的任务后，高克林副检察长主持召开了检察署党组会议。会议研究，决定组建一个专门的机构来开展日本战犯的侦讯工作，并将这项工作交由谭政文副检察长分管，由李甫山具体考虑并组织实施。

检察署党组会议之后，李甫山便着手侦讯日本战犯的准备工作。

当时，中国关押的日本战犯除了从苏联移交过来的969名犯人外，还有140名日本战犯关押在太原战犯管理所。这140名战犯是日本投降后，被蒋介石、阎锡山网罗的投降日军，他们在解放后继续与中国人民为敌，后来被我人民解放军捕获。

在这共计1109名日本战犯中，从日本投降到1954年间死亡47名，1956年最后处理时为1062名。

对于这些在押的日本战犯，最高人民检察署在我国接收之初，便部署了早期的调查侦讯工作。那是早在1951年时，检察署便派出马世光、赵维之等7名检察员，先后到沈阳等地作过一些调查。但在后来，由于朝鲜战争的爆发，调查工作停了下来。

李甫山再次接到侦讯任务后，首先仔细查阅了日本战犯的简单资料及当时的管教情况，其次落实了工作所需的机构设置、人员配备及工作步骤、实施计划等，并做出了全面的详细计划，最后随谭政文副检察长到政务院向周总理汇报了他们的工作计划。

周总理听了他们的汇报后说："计划还得当，但关于经费的预算，你们再考虑一下。是否组织战犯和汉奸出狱到一些地方去参观，接受社会现实的教育。这样的话，预算恐怕就不够了。"

周总理还对日本战犯的处理作了重要指示。他指出："这些战犯的罪行比起远东国际军事法庭审判的甲级战犯，要轻一些。对这1000多名战犯，我们不需一一审判，但要把他们所犯的所有罪行都搞清楚。侦讯结束后，将罪行重大的予以起诉审判，多数战犯还是要释放的。对起诉审判的战犯，也只判有期徒刑，不判死刑。"

周总理又指出："这些战犯在日本社会有不少的联系和影响。他们侵略中国，残害中国人民，而他们自己也是战争的受害者，有的也是家破人亡。在侦讯工作中，你们要通过耐心地争取教育，把他们改造成为反对侵略战争与争取和平的朋友。"

领会周总理的指示后，李甫山在侦讯工作预算中又增加了组织战犯出狱参观的经费。后经周总理批准，于1956年2月起，由公安、检察及民政系统联合组织实施。

至此，战犯侦讯准备工作顺利完成。

集训侦讯人员

1954年1月，战犯侦讯准备工作基本就绪后，最高人民检察署从公安、检察、大专院校、涉外单位等借调了侦讯员、调查员、书记员、翻译及其他工作人员，共计200多人，在北京朝阳门真武庙街组办了为期1个月的集训班。

集训班是根据侦讯工作的需要和侦讯工作人员的实际情况而开办的。集训的目的主要是解决侦讯工作的技术、业务问题和侦讯工作人员的思想认识问题。

对日本战犯和伪满汉奸的侦讯，是一项政策性、业务性、责任性很强的重要工作。而现有的检察人员和借调来的干部，绝大多数没有侦讯外籍罪犯的工作经验，几乎从来没有接触过外国犯人，对侦讯和处理日本战犯的工作很陌生。

为此，最高人民检察署开办了这个集训班，并指明由李甫山同志负责培训。

培训是保密且全封闭的。培训的第一天，李甫山便向同志们传达了周总理及党中央关于侦讯处理在押日本战犯及伪满汉奸工作的指示和政策精神，然后组织大家认真学习讨论。

学习讨论进行了为期一周的时间，通过讨论，大家对中央决定侦讯处理在押日本战犯工作的重大意义，有了深刻的认识，也对周总理指示的对战犯审判的量刑，包括只判有期徒刑，不判死刑；只判少数，释放多数等政策原则及通过改造教育，争取化敌为友的远见卓识，有了更深层的理解，并统一了思想认识。

在此基础上，高检的有关领导及政法方面的有关专家，就有关侦讯业务的方式、方法，侦讯的重点和对象及调查取证应注意的事项等分别进行了专题讲座。

谭政文副检察长就如何侦讯日本战犯和伪满汉奸作了专题报告。强调对日伪地方行政系统县级简任官和军事系统校官以上的罪犯，要进行单独的重点侦讯。之所以提出重点侦讯，是为了在侦讯后处理时，便于确定起诉审判对象。

在多次业务讲座中，李甫山就侦讯的具体细节、常规方法、重要环节及注意事项等，以案例或事例的形式，一一进行深入浅出的讲解，并多次强调此项重要工作的工作职能，指出这是一次历史的审判，我们肩负着神圣使命。此项工作虽然属于检察工作的范畴，但绝不局限于检察系统的职能范围。除了负责侦查、讯问、调查取证、审讯起诉、支持公诉、免予起诉等工作外，还配合对战犯与汉奸的处理，参与审判、释放，并对在押战犯与汉奸进行管理、教育和改造，是集侦讯、审判、管理、教育、释放为一身的特殊工作。

李甫山要求大家从国家和民族的大局着想，从身边工作的小事着手，扎扎实实、认认真真地搞好每一项工作，使这次正义的侦讯审判工作，经得起历史的检验和国际社会的认同。

在集训期间，抚顺战犯管理所的工作人员将战犯的思想动态向侦讯人员作了一场报告。最高人民检察署领导和我国国际法学家、曾任远东国际军事法庭法官的梅汝璈先生，向集训班的同志们讲解了战犯处理原则以及远东国际军事法庭审判的有关情况。

集训班临近结束前，中央决定成立"最高人民检察署东北工作团"，简称"东北工作团"，由最高人民检察署办公厅主任李甫山任团长。

团队设主任委员 1 名，副主任委员 2 名及委员若干名，委员会下设办公室 1 个，侦讯室 3 个。3 个侦讯室分别是：第一侦讯室，负责侦讯日本军队系统的战犯。第二侦讯室，负责侦讯在伪满洲国任职的日本军政警宪战犯。第三侦讯室，负责侦讯伪满洲国汉奸。

另外，太原在押的日本战犯由东北工作团统一领导负责，交山西省人民检察署和公安厅共同侦讯，由山西省公安厅副厅长郑自兴负责。其侦讯事项与抚顺的工作团一致。为了协调太原的侦讯工作，东北工作团先后派出赵维之检察员和井助国副主任长驻太原指导工作。

同年 3 月 4 日，集训班结束培训，侦讯人员随即乘车奔赴抚顺和太原等地。

顺利完成侦讯工作

1954年3月7日，东北工作团来到抚顺战犯管理所，拉开了侦讯工作的序幕。

工作团来到抚顺战犯管理所后，先是召开了战犯大会，告诉战犯必须如实交代罪行，否则将受到中国人民的严惩。随后，工作团又按照铃木启久，武部六藏、城野宏和富永顺太郎4个案件分成4个大组。

其中，铃木启久是军队系统，武部六藏是伪满系统，城野宏是山西军政系统，富永顺太郎是特务间谍，他们都在侵华过程中犯下了滔天罪行。大组下面又分为若干个小组，每个小组由审讯员、书记员和翻译等几名工作人员组成，负责七八名战犯的侦讯工作。

各个侦讯小组跟自己的侦讯对象，开始了较量，因为并非是个个战犯都服服帖帖地接受侦讯。特别是那些将校级战犯、重点人犯，依然心怀叵测，等待观望，顽固不化。即使是来自公安、检察战线上的老同志也都有些棘手，心里都暗暗着急。

面对这个情况，工作团在侦讯工作开展后不久，即由负责工作团领导工作的最高人民检察署副检察长谭政文召集开会。

针对工作团少数同志面对强敌有畏难的情绪，谭政文在讲话中指出对敌人决不能有任何畏难情绪，就像强攻敌人的碉堡，只能勇敢向前，不能犹豫后缩。

他还诙谐地说："这些年来我在同反革命和犯罪分子，国内外敌人作斗争中，只有一种犯人不好对付，那就是'哑巴'。只要犯人开口说话，我就有办法制服他。"

谭副检察长的讲话，为整个工作团的同志们指明了方向，使大家大大增强了信心和斗志，勇敢地投入到新的战斗中。

为了推动侦讯工作的顺利进行，工作团还采取了一系列克敌制胜的措施。

据当时摸底，在战犯中，非剥削阶级家庭出身的占多数。根据这一情况，为分化瓦解战犯，孤立上层，打击少数顽固反动的罪犯，工作团决定像土改中发动贫下中农起来揭发斗争恶霸地主那样，对战犯中的下级军官进行动员。

当工作团对战犯侦讯开始时，在尉级以下战犯中又出现了新的反复。他们惶惶不安，感到深挖罪行的举动非同以往，怕坦白后吃亏，怕留下杀头的证据。

针对这种情况，李甫山主任在动员大会讲话中，反复讲明我党"惩办与宽大相结合"、"抗拒从严认罪从宽"的政策精神，打消了他们的顾虑。

接着，工作团又组织罪恶严重、认罪较好、敢于检举的中队长柴田修藏中尉向尉级以下战犯作了认罪检举的典型示范发言。

柴田修藏痛哭流涕，认罪忏悔，一连讲了4个小时，台下的全体战犯也流着眼泪，不断地喊着："同感！同感！"

随后，在绝大多数尉级以下战犯中，立即掀起了认罪检举的高潮。

当然，在侦讯工作中也有不顺利的时候，比如警佐铃木太助以绝食来拒绝工作人员的问话。

为了打击反动分子，并防止发生意外，工作团通过管理所把表现顽固的战犯分子押到各个监号，"以好夹坏"，严密控制。同时，还抓住几个战犯典型，公开揭穿他们的罪恶阴谋。

这样，经过一段时间，尉级以下战犯基本上交代清了罪行，他们还写了检举材料，揭发其他战犯的罪行。

经过近两年的时间，工作团协同管理所通力合作，内审外调，终于顺利地完成了对1000多名日本战犯的全部侦讯工作。

根据在押战犯供述的主持犯罪事实或参与犯罪的概述统计，其仅仅是他们执行"三光政策"血腥记录的一部分。

确定最后起诉名单

1954 年末，中国红十字会会长李德全、顾问廖承志应邀访日。为了做好对日工作，中央决定借此向日本公布在押战犯名单。

战犯名册经中国红十字会访日代表团交给日本红十字会后，抚顺、太原两地的战犯管理所便陆陆续续地收到了中、日双方红十字会转来的战犯亲友信函和包裹。

战犯名单的公布，以及允许战犯、汉奸与其家属、亲友通信等举措，对于促进战犯与汉奸们的思想改造，起到了积极的作用。

随着侦讯工作的全面完成，中央根据国际国内形势，审时度势，及时作出了对日本战犯进行公开审判的决定。

按照第二次世界大战后国际上通用的战犯量刑标准，最高人民检察院提出了一个起诉名单的草案，共包括 107 名起诉对象，其中 70 名应当判死刑。

1955 年末，中华人民共和国最高人民检察院东北工作团谭政文检察长和孙明斋所长将起诉名单上报中央。

周恩来总理听取报告之后作了指示。他说："对日本战犯的处理，不判处一个死刑，也不判一个无期徒刑，判有期徒刑的也要极少数。起诉书要把基本罪行搞清楚，罪行确凿后才能起诉。对犯一般罪行的不起诉。这是中央的决定。"

谭政文检察长和孙明斋所长返回抚顺后，召开检察院东北工作团和抚顺战犯管理所全体工作人员大会，传达党中央的决定和周恩来总理的指示。

当孙明斋向大家宣布了党中央决定对日本战犯一个也不判处死刑后，会场内一片哗然，有的人当即站起来，要求党中央改变决定。不仅一般干部不能接受，就连一些领导干部也想不通。

谭政文检察长带着大家的意见，再次进京向周恩来总理反映干部群众提出的种种意见，并提议中央改变处理日本战犯的决定。

周恩来总理听了谭政文检察长的汇报之后沉思片刻。他沉重地说："理解干部和群众的心情，但是党中央的决定是不能更改的。只要领导干部思想通了，下边的一般干部和群众的思想工作就好做了……所以，党中央的政策要坚决贯彻落实。再重申一次，一个人也不能杀，不能处以死刑，最大限度地限制判刑人数。"

谭政文检察长回到抚顺后，再次召开了全体干部大会，传达了周恩来总理的这一指示。

虽然大多数干部仍然心里不能接受党中央的决定，但鉴于必须服从党中央，东北工作团不得不重新再次审议了起诉战犯的名单。

同志们将起诉名单从原来的 107 人减到 45 人，取消了处以死刑的 70 人名单。

最后，向中央递交的日本战犯的名单如下：

1．武部六藏；2．古海忠之；3．斋藤美夫；4．中井久二；5．三宅秀也；6．横山光彦；7．杉原一策；8．佐古龙祐；9．原弘志；10．岐部与平；11．今吉均；12．宇津木孟雄；13．田井久二郎；14．木村光明；15．岛村三郎；16．鹿毛繁太；17．筑谷章造；18．吉房虎雄；19．柏叶勇一；20．藤原广之进；21．上坪铁一；22．蜂须贺重雄；23．堀口正雄；24．野崎茂作；25．沟口嘉夫；26．志村行雄；27．小林喜一；28．西永彰治；29．铃木启久；30．藤田茂；31．上坂胜；32．佐佐真之助；33．长岛勤；34．船木健次郎；35．鹈野晋太郎；36．榊原秀夫；37．富永顺太郎；38．城野宏；39．相乐圭二；40．菊地修一；41．永富博之；42．住冈义一；43．大野泰治；44．笠实；45．神野久吉。

名单上的45人都犯有严重的罪行，罪恶深重。周恩来总理听取了谭政文检察长等人的再次汇报后，终于点头同意了这份名单。

组建特别军事法庭

1956 年春，中国最高人民法院根据全国人大常委会的决定，组成以法学家贾潜为庭长的特别军事法庭，着手准备审判日本战争罪犯。

贾潜过去曾担任过豫北平原司法科科长、冀鲁豫行署参议员和司法处长、晋察冀边区联合高等法院院长、华北人民高等法院审判长，时任中华人民共和国最高人民法院审判委员会委员、刑事审判庭庭长。

在贾潜被任命为特别军事法庭庭长并主持审理日本侵华战犯分子前，周恩来和贾潜谈过一次话。周恩来向他说明情况及布置任务后，贾潜深感责任重大，提出让领导另选有法律权威的人担当此任。

周恩来说："你是毛主席考虑再三的人选，不好更改。你感觉责任重是好事，只有这样想，才能把事情办好。我认为你受过高等法律教育，又有多年高等法院的工作经验，在法制建设上你作出过卓越贡献，在我国你就是有法律权威的人，你不主持让谁主持？不要推辞了。今天我是给你打招呼，让你有个思想准备。"

周恩来又接着说："这次审理的日本战犯人数较多，需组织个坚强的班子，如副审判长、审判员等，你先考虑个意见，报全国人大常委会讨论审批，然后正式开展工作。毛主席认为，审判日本战犯在国际上会有很大影响，在审判后可能会有说三道四的，到时你还得发表文章批驳他们，事先有个准备就好了。"

接受任务后，贾潜经过反复细心考虑，向人大常委会提交了呈请庭审人员的组成报告。

建议特别军事法庭的组成名单如下：

> 副庭长袁光　　时任解放军军事法院副院长
>
> 副庭长朱耀堂　时任最高人民法院刑事审判庭副庭长
>
> 审判员王许生　时任解放军军事审判庭审判员
>
> 审判员牛步东　时任解放军军事审判庭审判员
>
> 审判员徐有声　时任最高人民法院审判员
>
> 审判员郝绍安　时任最高人民法院审判员
>
> 审判员殷建中　时任最高人民法院审判员
>
> 审判员张剑　　时任解放军军事法庭审判员
>
> 审判员张向前　时任最高人民法院审判员
>
> 审判员杨显之　时任最高人民法院审判员

审判法庭人员组成后，贾潜多次向法庭成员申明这次审理日本战犯的意义和责任。他指出，所有参与审判的工作人员，不论职位高低都必须认认真真地再次学习我国的和国际的法律文件，并切实执行。并规定法庭成员里的每一个人必须熟悉每个被告人起诉书列举的犯罪事实、证人证词、被害人和被害人亲属的控诉书，以及被告人的供词等具体材料。

当时，新中国的法制建设刚刚起步，《刑法》《民法》《诉讼法》等等都未来得及制定，供参考的法律只有两个，一个是 1948 年 11 月 1 日由中国人民解放军总司令朱德、副总司令彭德怀发布的《惩处战争罪犯的命令》，还有一个就是 1951 年 2 月 21 日中央人民政府公布施行的《中华人民共和国惩治反革命条例》。但是这两个法律都是针对国内罪犯的，援引惩处这批国际战犯难以提供恰当的法律依据。而审判罪犯必须遵循的方针是"以事实为依据，以法律为准绳"。特别军事法庭首先需要解决的是审判的法律依据。

为此，贾潜庭长组织大家开会，对其具体事件进行了研究。有人提出，可以提请全国人大常委会出一个规定作为法律依据。大家认为这是个好主意，经过一系列的讨论和协商，于是向中央提出这一建议。

1956 年 4 月 25 日，第一届全国人民代表大会第三十四次会议通过了《中华人民共和国全国人民代表大会常务委员会关于处理在押日本侵略中国战争中战争犯罪分子的决定》，内容如下：

现在在我国关押的日本战争犯罪分子，在

日本帝国主义侵略我国的战争期间，公然违背国际法准则和人道原则，对我国人民犯了各种罪行，使我国人民遭受了极其严重的损害。按照他们所犯的罪行本应该予以严惩，但是，鉴于日本投降后十年来情况的变化和现在的处境，鉴于近年来中日两国人民友好关系的发展，鉴于这些战争犯罪分子在关押期间绝大多数已有不同程度的悔罪表现，因此，决定对于这些战争犯罪分子按照宽大政策分别予以处理。

现在将处理在押日本战争犯罪分子的原则和有关事项规定如下：

（一）对于次要的或者悔罪表现较好的日本战争犯罪分子，可以从宽处理，免予起诉。

对于罪行严重的日本战争犯罪分子，按照各犯罪分子所犯的罪行和关押期间的表现分别从宽处刑。

在日本投降后又在中国领土内犯有其他罪行的日本战争犯罪分子，对于他们所犯的罪行，合并论处。

（二）对于日本战争犯罪分子的审判，由最高人民法院组织特别军事法庭进行。

（三）特别军事法庭使用的语言和文件，应该用被告人所了解的语言文字进行翻译。

（四）被告人可以自行辩护，或者聘请中华

人民共和国司法机关登记的律师为他辩护。特别军事法庭认为有必要的时候，也可以指定辩护人为他辩护。

（五）特别军事法庭的判决是终审判决。

（六）处刑的罪犯在服刑期间如果表现良好，可以提前释放。

同日，中华人民共和国中央人民政府主席毛泽东颁布命令：

中华人民共和国主席令

中华人民共和国第一届全国人民代表大会常务委员会于一九五六年四月二十五日第三十四次会议通过了关于处理在押日本侵略中国战争中犯罪分子的决定，现予公布。

中华人民共和国主席毛泽东
一九五六年四月二十五日

《决定》的颁布，使特别军事法庭的工作人员有了审判的法律根据。但是，在实际的审判过程中，要以什么样的程序来进行审判呢？对于这个问题，法庭的工作人员借鉴了苏联审判日本战犯的程序。

审判程序定下后，工作人员又开始落实证人的证词。

首先需要寻找的是受害最严重地方的证人。将证人找来后，要求他们说实话，讲出自己见到的受害事实和受害经过，并要指出是日本的哪一支军队在哪一天干的犯罪事实，不能夸大情况，更不能随意乱说。

有的证人来了以后，说起往事，几天都吃不下饭，老是询问工作人员：怎么还不审？枪毙不？见了战犯让打不？不打不枪毙？那不干！那还叫我们来干吗？

工作人员耐心地为证人解释：判什么刑要由法庭决定，不允许他们在法庭上打人骂人；在法庭上，一切必须以法律为准；这不是报私仇，也不是斗地主，要学会用法律来斗争罪犯。

经过大量的解释工作，需要出庭作证的证人表示：在法庭上，不打战犯也可以，但要做到不骂他们，确是很难做到的。

与证人达成协议后，庭审工作人员又开始和证人们研究需要在法庭上说明的证词。

因为这些证人多数没有文化，如果到法庭上由着他们自己说，三天三夜也说不完。为此，工作人员首先耐心地听他们把事情的经过讲完，再帮助他们抓住重点，为他们重新整理出证词，让他们记住，在开庭时将整个事实口述出来。

解决了证人证词的问题，庭审人员又开始商议关于开庭审判的地址。

最初，工作人员计划把抚顺法庭作为东北的一个审判地点，因为抚顺靠近战犯管理所。

但是，中央方面认为，国际和国内两次对日本战犯的审判，都没有把日本侵略我国东北的罪行突现出来。因此，决定这次审判的重点是日本对东北全面侵略的战争罪行，所以，中央决定，将审判地点选在沈阳皇姑区法庭。

基于同一因素，中央又决定，对提起公诉的 45 名战犯依据其不同类型，分作 4 案起诉：即武部六藏、古海忠之 28 人案，铃木启久 8 人案，城野宏 8 人案，富永顺太郎 1 人案。

一切工作安排妥当，贾潜分派各地的工作人员分赴东北和山西，准备开庭。

出庭前送达起诉书

1956 年 5 月 1 日，最高人民检察院检察长张鼎丞签发了《对在日本侵略中国战争期间犯有各种罪行的铃木启久、富永顺太郎、城野宏、武部六藏等 45 名战争犯罪案起诉决定书》，并批准了东北工作团为 4 案已定好的起诉书，向中华人民共和国最高人民法院特别军事法庭提起公诉。

6 月 3 日，特别军事法庭开庭前 5 天，抚顺管理所受特别军事法庭委托，向第一批受审的战犯铃木启久等 8 人送达了最高人民检察院的起诉书副本及其日文译本。

起诉书副本用事实与法律讲话，以少而精确为原则，列举了最重要的、最关键的、最易认定的、证据确凿的罪行。

这些罪行是根据 920 人的控诉、266 人的检举、836 人的证据最终确定的。

接过起诉书，被告人赞许地说道："旧法律规定，起诉书只送法官，中国政府却把它提前送到我们被告人手里，这是从来没听过、没见过的事情，这说明中国审判是正大光明的。"

8 名被告人接过起诉书，分别在收到签字单上签字，他们神情有些紧张，双手颤抖，有的横竖找不到落笔的地方。

　　他们浏览起诉书，虽然找不见"死刑"两个字，"严厉惩处"四个字也并不等于立即处决，但其中却包含有判处死刑的意思。

　　他们手捧着起诉书，字斟句酌地细读所列的罪状，有的每天看4遍、5遍，有的看了8遍。

　　铃木启久说："起诉书上的'被告人承认属实'与'被告人供认不讳'的表述含义不同，前者'承认'而不是'供认'，说明我的认罪态度不如'主动'那样'大大的好'。"

　　管理所的送达人员，重复转达人大常委会的"决定"，强调："被告人可以自行辩护，特别军事法庭也可以指定辩护人为他辩护。"

　　上坂胜等人分别表示：我们的罪行为世界共知，没有辩护余地，只要法庭给予谢罪的机会就满足了。

　　尽管如此，特别军事法庭还是为犯人们聘请了辩护律师，并在正式的庭审中为被告人作了"有罪辩护"。

　　6月9日至19日，最高人民法院特别军事法庭在沈阳对第一批战犯进行了公开审判，分别判处此案的8名被告人13年到20年不等的有期徒刑。

　　6月10日，特别军事法庭在太原开庭公开审理第二批战犯，判决被告人富永顺太郎有期徒刑20年。

　　6月12日，特别军事法庭在太原开庭公开审理第三批战犯，分别判处8名被告人8年到18年不等的有期徒刑。

7月1日至25日，军事法庭在沈阳公开审理第四批战犯，分别判决28名被告人12年到20年不等的有期徒刑。

至此，由中华人民共和国最高人民检察院向中华人民共和国最高人民法院特别军事法庭提起公诉的45名日本侵略中国战争中战争犯罪分子，经特别军事法庭分4案审理，全部结束。

在最高人民法院特别军事法庭于沈阳和太原分别开庭审理主要的日本战争犯罪分子的同时，最高人民检察院在1956年6月21日、7月18日和8月21日，分3批宣布对1017名日本战犯免予起诉。

《免予起诉决定书》首先认定了这批在押日本战犯的罪行，同时说明免予起诉的理由。

"决定书"指出：

　　按照他们所犯的罪行，本应提起公诉交付审判，予以应得惩罚，但是，鉴于日本投降后十年来的情况变化和他们现在的处境，鉴于近年来中日两国人民友好关系的发展，同时姑念这些战犯在关押期间悔罪表现较好，或者是次要的战争犯罪分子，因此，本院根据中华人民共和国全国人民代表大会常务委员会《关于处理在押日本侵略中国战争中战争犯罪分子的决定》决定：从宽处理，免予起诉，即行释放。

　　随即，赦免释放的日本战犯被移交给日本红十字会，以日本侨民的身份在天津塘沽港乘日本游船回国。

　　至此，我国关押的 1062 名日本战争犯罪分子全部处理完毕。

　　法庭对这 45 名日本战争罪犯从宽处刑，没有一个判处死刑和无期徒刑，如果服刑期间表现良好，还可以考虑减刑以至于提前释放。这不仅体现了我国政府的宽大政策和中国人民"不念旧恶"的传统美德，也充分体现了中国政府和中国人民对日本人民的友好之情。

　　特别军事法庭的判决在战犯中间引起震动，铃木启久在宣判后对记者说，中国政府的宽大政策"是由中国真正的和平政策产生出来的。只有和平，人类才能幸福。"至于那些被我国政府从宽释放的战犯，更是感激涕零。

本书主要参考资料

《中国改造日本战犯始末》叔弓著 群众出版社

《正义的审判——最高人民法院特别军事法庭审判日
本战犯纪实》王战平主编 人民法院出版社

《奇缘：一个战犯管理所长的回忆》金源著 崔泽译
解放军出版社

《日本幽灵：文图对照·二战期间侵华战犯审判纪
实》郭晓晔著 当代世界出版社

《侦讯日本战犯纪实》山西省人民检察院编著 北京
新华出版社

《食人魔窟：日本关东军细菌战 731 部队的战后秘
史》〔日〕森村诚一著 骆为龙 陈耐轩译 群众
出版社

《不可征服的人们——一个外国人眼中的中国抗战》
〔英〕詹姆斯·贝特兰述 李一等译 求实出版社

《济南惨案》骆承烈编写 中国人民政法大学出版社

《济南五三惨案亲历记》骆承烈编写 中国文史出
版社

《日本帝国主义侵华史略》刘惠吾 刘学照等编著 华
东师范大学出版社

《日军侵华的自白》群众出版社

《从战争狂人到朋友——改造日本战犯的成功之路》
　　群众出版社

《党史文汇期刊之正义压倒邪恶的审判》马明著　党
　　史文汇编辑部　山西省史志研究院主办

《党史博览期刊之我参与侦讯日本战犯始末》李甫山
　　著　党史博览杂志社

《党史博览之毛泽东指令贾潜审日本战犯》刘勤学著
　　党史博览杂志社

《纵横期刊之1956年中国在沈阳、太原审判日本战
　　犯实录》叔弓著　纵横出版社

《在抚顺战犯管理所工作的岁月里》姜永顺著　新浪
　　博客网

《报道辽宁之抚顺复原日本战犯管理所》王丽敏　毕
　　玉才　王逸吟著　光明网辽宁频道

《阅读中国之记录改造战犯的内幕过程》五洲传播
　　中心

《中华人民共和国大典之历史的审判——回忆在沈阳
　　审判日本战争罪犯》袁光著　中国经济出版社

《湖南文史期刊之审判日本战犯始末》王和利　张家
　　安　赵兴文著　政协湖南省委员会编　长沙出版社

《当代中国重大事件实录之对日本和伪满战犯的改造
　　和审判》楚序平　刘剑著　华龄出版社